Marie Belloc Lowndes

THE LODGER

古怪的新房客

[英] 玛丽·贝洛克·朗兹 著 吴奕俊 严旨昱 译

人民文学出版社

图书在版编目(CIP)数据

古怪的新房客/(英)玛丽·贝洛克·朗兹著;吴奕俊,严旨昱译.—北京:人民文学出版社,2024
ISBN 978-7-02-018330-2

Ⅰ.①古… Ⅱ.①玛… ②吴… ③严… Ⅲ.①长篇小说-英国-现代 Ⅳ.①I561.45

中国国家版本馆CIP数据核字(2023)第209269号

责任编辑	胡司棋　张玉贞　傅　钰	
封面设计	钱　珺	

出版发行	人民文学出版社	
社　　址	北京市朝内大街166号	
邮政编码	100705	
印　　刷	山东新华印务有限公司	
经　　销	全国新华书店等	
字　　数	163千字	
开　　本	890毫米×1240毫米　1/32	
印　　张	7.875	
版　　次	2017年5月北京第1版	
印　　次	2024年1月第1次印刷	
书　　号	978-7-02-018330-2	
定　　价	55.00元	

如有印装质量问题,请与本社图书销售中心调换。电话:010-65233595

你把我的良朋密友隔在远处,
使我所认识的人, 进入黑暗里。

——《旧约·诗篇》88:18

目 录

- 1 第一章 生活陷入困顿
- 13 第二章 新房客到来
- 26 第三章 古怪之事
- 34 第四章 钥匙和包消失了
- 42 第五章 连环命案
- 52 第六章 黛西要来了
- 64 第七章 黛西到来
- 74 第八章 可怜、善良又孤独的人
- 83 第九章 钱德勒与黛西
- 93 第十章 邦汀太太独自在家
- 100 第十一章 复仇者传闻
- 110 第十二章 玛格丽特姨妈来信
- 121 第十三章 斯鲁思先生又外出了
- 131 第十四章 瓦斯炉坏了
- 138 第十五章 谋杀案蔓延到西区
- 145 第十六章 西区的民众沸腾了
- 155 第十七章 撒谎
- 163 第十八章 去验尸侦讯处
- 171 第十九章 法庭侦讯

186　第二十章　复仇者的真面目？
197　第二十一章　疑团重重
203　第二十二章　邦汀的发现
213　第二十三章　各怀心事
223　第二十四章　忧心忡忡
230　第二十五章　黛西的十八岁生日
235　第二十六章　恐怖屋
242　第二十七章　房客失踪

第一章　生活陷入困顿

罗伯特·邦汀和妻子艾伦坐在小心砌好的火炉前，炉火沉闷地烧着。

屋子位于伦敦的一条肮脏、也许可以说污秽不堪的街道上，相比之下，屋子里这间房显得格外洁净与井井有条。要是有一个陌生人，尤其是身份地位比他们高的人突然打开这间会客厅的门，就会看到邦汀夫妇的婚姻生活舒适而温馨的画面。陷在皮制沙发中的邦汀衣冠楚楚，胡须剃得干干净净，这是他一贯的造型，一位自豪的男仆。

他的妻子则坐在没那么舒服的直背椅子上，曾经的仆人工作在她身上留下的痕迹要浅些。不过他们俩都一样。邦汀太太穿着款式简洁的黑色连衣裙，以及一件普通的衬衫，但衬衫的领口和袖口全都整理得干干净净、一丝不苟，她婚前曾是一位不错的女仆。

不过，英国有句老话叫"看人不能看外表"，这句话对英国百姓来说尤其正确。邦汀夫妇很久以前也有机会在装饰漂亮的房间里待过，那时两个人都为自己精心挑选出的家具感到志得意满。房间里的一切都很结实且价值不菲，家具全都是从一间私人宅邸精心举办的拍卖会上买来的。

厚重红纹窗帘把玛丽勒本街迷雾重重、细雨绵绵的空气挡在了外面，他们当时买这窗帘的时候可捡了个大便宜，而且那质量也许还能保证再用上三十年。另一件买得实惠的东西是铺在地上的优质阿克明斯特地毯。这会儿，坐在沙发里的邦汀把身体往前挪了挪，凝视着前面昏暗的小火炉。实际上，对邦汀太太来说，这沙发算得上是奢侈品。她想丈夫做完了一天的工作之后，应该有舒服放松的地方，所以她才买了沙发。当时这单人沙发花了她三十七先令。直到昨天，邦汀才刚刚为这只沙发找到了买家。来看椅子的人猜想这夫妇二人急需钱用，于是把价格杀到了十二先令六便士。结果夫妇二人暂时把这单人沙发留了下来。

不过，没有人会只满足于物质上的舒适，邦汀夫妇也是这么想的。所以，在起居室的墙壁上，挂着很多装裱简洁、也许有些褪色的照片。有些照片是邦汀夫妇以前的那些雇主，有些则是美丽的乡间小屋。他们当过很长一段时间的仆人，也还算舒心。照片里的房子都是他们当仆人时各自的住所。

不过，现在不是看人不看表面的问题，对这对时运不济的夫妇而言，他们要靠着表面的东西来维持体面。邦汀一家已经快山穷水尽，虽然他们房子里还摆着漂亮的家具，但陷入困境的邦汀夫妇还是够聪明的，他们知道得靠这些东西维持体面，除非到了迫不得已的时候，不然不会卖掉它们。他们已经学会忍饥受冻。烟可以消愁解忧，正常人不到万不得已是不会放弃的，而邦汀在很久以前就已经戒烟了。连邦汀太太这位拘谨、节俭、仔细的女人都意识到这对丈夫来说意味着什么。邦汀太太确实清楚这一点，她以前经常溜出去给丈夫买包弗吉尼亚烟。

邦汀感动了，这么多年来，还没有哪个女人这么关心他、这么爱他。他控制不住自己，难受地哭了起来，夫妻二人都被这种奇怪、喜怒不形于色的方式触动了。

还好邦汀从来都没想过他可怜的艾伦不止一次为那四个半便士感到后悔，他反应迟钝，可以说有些笨的脑子怎么会想得到？艾伦之所以后悔，是因为他们的生活已经十分接近凄惨的境地。现在他们还处在安全地带，过着也许不愉快但还算体面的生活，可一不小心就会和那些沉沦的贫民一样，或者因为社会奇怪的现状，沦落到在贫民救济所、医院或者监狱里漫无目的地挣扎，直到死去。

如果邦汀一家的地位比现在要低，如果也是纯粹的穷人，那四周的左邻右舍都会很友善地愿意随时帮助他们。同样，如果他们属于自命不凡、善良、还有些缺乏想象力的那类人，也就是邦汀一家这辈子服侍过的有钱人，那也会有人对他们伸出援手。但如今夹在中间的境遇，让他们孤立无援。

也许全世界只有一个人可以帮他们，那就是邦汀第一任妻子的姨妈。这位姨妈嫁给了一位有钱人，现在成了寡妇，她还在为邦汀抚养他和第一任妻子唯一的孩子黛西。因此，虽然他怀疑老妇人肯定会毫不留情地断然回绝，但在过去漫长的两天里，他一直试着下定决心给那个老妇人写信，希望得到帮助。

至于他们为数不多的熟人，也就是那些以前的同事，他们已经逐渐不联系了。唯独有一个朋友经常在他们最不顺的时候来看望他们。这个年轻人叫钱德勒，他的爷爷就是邦汀多年前当兵时的长官。乔·钱德勒则从来没参过军，他一直为警队工作。说白了，年轻的钱德勒是一名侦探。

当第一次接下这座房子时，他们都觉得这房子没给他们带来好运气。邦汀经常高兴地邀请这个年轻小伙子过来，因为小伙子的故事还是很值得一听的，有时还挺引人入胜。不过现在可怜的邦汀不想听这类故事了，因为那都是些嫌疑人被巧妙地"逮住"，或者因为警方的低级错误逃脱的故事，钱德勒认为他们是非常应该落入法网的。

但乔每周还是坚持来个一两次。他每次来的时间都正好，男女主人也不需要拿食物来招待他，乔这样做显示出他善良、富有同情心。

他给他父亲的老熟人邦汀提供了一笔贷款，而邦汀最终拿到了三十个君主金币①。这笔钱现在只剩下一点点，邦汀还能在口袋里揣上几个硬币。邦汀太太还有两先令九便士。除了这些，剩下的就是用来支付五周房租的钱，此外他们就什么都没有了。凡是搬得动的、能换钱的东西都拿去当了。邦汀太太对当铺有一种强烈的恐惧。她从未踏足这样的地方，而且她也说宁可饿死也不会进去。

---

① 英国旧时金币名称，下文提到的基尼也是。1君主金币等于1.5英镑，1基尼等于1.05英镑。下文的便士、先令为英国旧辅币单位，1英镑等于20先令，1先令等于12便士。

后来她知道家里那些邦汀珍爱的东西逐渐消失，尤其包括那老式的金表链子时，她也没说什么。这链子是邦汀第一位主人死时留给他的。他当时悉心照料了长期罹患可怕疾病的主人。消失的还有一根扭结黄金领带夹、一枚大的纪念戒指，两件礼物都来自他以前的主人。

当人即将陷入绝境、眼看生活不保时，就会改变，不过人的天性是陷入长久的沉默。邦汀以前喜欢聊天，但是现在他寡言少语。邦汀太太也是一样，不过她以前倒是话也不怎么多。这可能是邦汀第一眼看到她就爱上她的原因之一。

他们之间是这样结识的。一位女士刚刚接洽了他，要他当管家。上一任管家带着他进了餐厅。用他自己的话来说，他在那儿看到艾伦·格林小心地将玻璃瓶里的波特酒倒出来。她和女主人每天上午十一点半都会喝这酒。而作为新管家的邦汀看着她小心地将玻璃瓶塞上，然后放回那老旧的冷酒柜时，他对自己说："这就是我要找的女人！"

不过现在艾伦沉默不言的状况让这个不幸的男人很难受。邦汀不再想去附近那些他生活富足时经常光临的小店了。而艾伦依然不得不每天或每隔两天走到很远的地方去买廉价的东西来，仿佛真的要让他们不被饿死。

突然，外面急促的脚步声和尖利的叫喊声划破了十一月夜晚黑暗的沉寂。外面有许多男孩在叫卖晚报的黄昏版。

坐在椅子里的邦汀心神不宁地转身。在戒烟之后，每天放弃看报纸是对他最残酷的剥夺。相比吸烟，读报是更早养成的习惯，因为仆人都喜欢读报纸。

随着叫卖声穿过关闭的窗户和厚厚的花缎窗帘，邦汀突然觉得对报纸有些饥渴。

他对外面发生的事情一无所知，这太丢人了！只有罪犯才会被阻止去了解监狱围墙外正在发生什么。外面那些叫卖声、那些嘶哑尖利的呼喊声肯定预示着有什么令人激动的事情发生了，这事情肯定会让人在这一刻忘记让自己感到折磨的私人麻烦。

邦汀站了起来，走到最近的窗户边，伸着耳朵听外面的声音。他仔细地听着，在外面嘶哑纷乱的叫声中听出了一个分外清楚的词："谋杀！"

邦汀的脑子慢慢地将听到的各种混乱的叫声拼在一起，他得出了一个有逻辑的词汇序列。没错，楼下的报童喊的是："可怕的谋杀！在圣潘克勒斯发生了谋杀案！"邦汀模糊地记得另一起发生在圣潘克勒斯附近的谋杀案。受害者是一位老妇人，而凶手是她自己的女仆。这案子发生在很多年前，但他这类人出于特别与自然的兴趣，所以依然能清晰地记得。

马里波恩路上经常出现这些报童，他们走得越来越近了，现在开始喊别的东西。邦汀听得不大清楚他们喊的是什么。这些报童还是声嘶力竭、情绪激动地叫卖，不过邦汀只能不时地听到一两个词。突然听到了"复仇者！复仇者又重出江湖了！"的声音。

在过去的十四天内，伦敦内发生了四起十分离奇而且凶残的谋杀案，案发地都在一块相对狭小的区域内。

第一起没引起任何注意，第二起在邦汀待会要买的报纸上也只占了一个很小的版面。

然后是第三起。报纸对这第三起谋杀案相当兴奋,上面强调了:

"复仇者"

不止是调查这些可怕罪案的警方,还有很多对凶险谜案抱有浓厚兴趣的人都很快会意识到,这三起罪案都具有同样的凶残特点。在大众还没来得及弄清楚这离奇的事实之前,第四起谋杀案发生了。谋杀犯似乎依然有着某种特别的痛苦,能让人们明显地看到罪犯被某种不为人知但又可怕的复仇欲望占据着。

现在人人都在谈论"复仇者"和他的罪行!甚至连送奶工都和邦汀谈起了这件事。

******

邦汀回到炉火边,心中带着微微的兴奋看着她的妻子。然后,看着她苍白冷漠的脸、她满是疲倦和悲凄的表情,这时他觉得一阵心血来潮,他觉得自己是可以摇醒她的。艾伦基本没去听邦汀那天早上回到床上告诉他送奶工说了什么。实际上,她对这事相当抵制,一直在暗示说她不喜欢听这类可怕的事情。

有趣的是虽然邦汀太太喜欢听一些悲伤和惊悚的故事,也会漠然但饶有兴趣地倾听毁约行为的各种细节，但是她会拒绝听违反道德或者含有肢体暴力的故事。在以前的好日子里，他们还买得起报纸的时候，他们每天都买不止一份报纸。邦汀经常会抑制自己不去读一些令人兴奋的"案子"或"未解之谜"，这些东西本来可以让他精神愉悦、浑身放松，但是因为任何对这些东西的暗示都会很快惹恼艾伦，他只得作罢。

不过现在他马上产生一种无聊、可怜、一点也不想照顾妻子的感觉了。

他从窗户边走开，慢慢地、带有迟疑地走到门口。他半转身，露出了他差点刮伤的圆脸，脸上挂着有些狡黠又略带恳求的表情，就像孩子在顽皮之前瞥一眼自己的家长一样。

不过邦汀太太还是一动不动，她瘦削、狭窄的肩膀从她坐着的椅子后面露了出来，身体挺得笔直，双眼好像盯着前面的空气。

邦汀转过身，打开门，然后迅速地走进了黑暗的走廊。他们家很久之前就不再点汽油灯了。然后他打开了屋子的前门，走了出去。

他走上外面的小石板路，用力地打开了铁门，外面就是潮湿的人行道。不过他犹豫了。邦汀口袋里的钱似乎在减少，而他伤心地想起艾伦是怎样节省地花掉四个便士。

然后一个报童跑到他跟前，手里拿着一捆晚报。邦汀感到一阵冲动，然后他屈服了，他含糊地喊道："给我来份《太阳报》，《太阳报》或者《回音报》！"

报童连气都不喘就摇了摇头,说:"只剩下一便士的报纸了。"然后他才喘了口气说:"您要别的吗,先生?"

遗憾中夹杂着焦急,邦汀从口袋里掏出一便士买了一份报纸,这是一份《旗帜晚报》。然后他非常缓慢地关上了大门,穿过湿冷的空气,走回到石板路上,虽然冷得发抖,但满是焦急与愉快的期待。

多亏了他刚刚冲动花掉的那一便士,因此他可以度过快乐的一小时,能够一度摆脱那个焦急、沮丧、悲凄的自己。邦汀清楚地知道他无法和忧心忡忡、内心不安的妻子分享这些忘却烦恼的瞬间,这念头让他觉得气恼。

一阵不安、乃至悔恨的感觉掠过邦汀的心头。艾伦永远都不会像这样为自己花一便士。邦汀心里很清楚这点,要不是外面这么冷,雾这么大,还下着毛毛细雨,他就会再打开大门,站到街灯下去读报享受了。邦汀害怕看到艾伦冷冰冰、满含责备的淡蓝色眼睛瞥见他。这一瞥会让他觉得自己不应该浪费这一便士买报纸,而他自己又非常清楚这一点!

突然邦汀前面的门开了,他听到了一个熟悉的声音在愠怒而焦急地说:"邦汀,你到底在外面干什么?赶快进来!你会被冻死的!我一点儿也不想让你在我手上生病!"邦汀太太现在很少一次性说这么多话了。

邦汀走进他这所阴郁大宅的前门,拉长着脸说:"我去买报纸了。"

毕竟,他现在是一家之主。他完全和妻子一样有花钱的权利。说到钱的事，他们夫妻二人现在都靠那位好小伙子乔·钱德勒借钱过活，然而压力都在邦汀、而不是艾伦身上。邦汀已经尽力而为了。他当掉了所有可以拿去当的东西，而他不满地注意到艾伦依然戴着她的结婚戒指。

邦汀脚步沉重地走过艾伦身边，虽然艾伦一言不发，但是邦汀知道她嫉妒自己一会儿可以享受读报的快乐了。邦汀对她有些气鼓鼓的，觉得她轻视了自己，他非常小声地咒骂了一句。艾伦可是在很早以前就明确说不许在她面前骂人的。然后邦汀把走廊的汽灯点到了最亮。

他愤怒地喊道："如果房客们连牌子都看不到，又有谁会来租呢？"

他这话是有道理的。走廊的汽灯已经点着了。虽然牌子上没有写"房间出租"，不过这会儿可以从前门上面的老式扇形窗上清楚地看到牌子的轮廓。

邦汀走进客厅，安静地跟在妻子的后面，然后坐在了他那张漂亮的沙发上。他戳了戳堆起来的小火堆。这是邦汀这么多天来第一次戳火堆，行使一家之主的权威让他感觉好了些。男人有时候必须重新审视自己，而邦汀已经太久没有做这件事了。

邦汀太太苍白的脸上有了一丝颜色。她还不习惯被这样嘲弄。因为邦汀在没有极度心烦意乱的情况下，就是最温柔的男人。

邦汀太太开始在房子里走来走去，不时地挥手弹掉一些看不到的灰尘，或者把家具摆正。不过她的手在颤抖，那是因为激动、自怜和愤怒而颤抖。一便士？这糟透了，连花一便士都要担心，这太糟糕了！不过有人担心钱的问题时，他们倒是可以直接聊到主题。奇怪的是，她丈夫没注意到这一点。

邦汀朝四周张望了一两次，他本来想要艾伦别烦躁不安。邦汀是喜欢和谐平静的，也许他现在有一丝羞愧感，所以他什么也没说。艾伦很快就停了下来，邦汀也没觉得烦了。

但邦汀夫人没有像她丈夫希望的那样过来坐下。他那全神贯注于报纸的视线惹恼了她，让她想要离他远远的。于是艾伦打开了客厅和后面卧室之间的门，她看到邦汀舒服地坐在明亮的炉火边，手里拿着打开的《旗帜晚报》津津有味地读着，艾伦心里越来越恼火，她赶紧把这场面挡了起来，坐在冰冷的黑暗中，双手压着太阳穴。

她从来都没有感到如此绝望、如此崩溃。这辈子当一个正直、尽责、自爱的女人又如何，如今还不是落到这个体面尽失的完全贫困和悲惨境地吗？上流人士们觉得夫妻二人一同当仆人没什么奇怪的，但是她和邦汀已经过了那个年龄，除非妻子正好是一名专业的厨师。厨师和管家凑在一起总能过得很好。但邦汀太太不会做饭。她能给任何来租住的房客做些简单的事情，但别的就不会了。

房客？她该有多蠢才会去想把房间租出去啊！因为一直是邦汀太太拿主意。邦汀一切都随她。不过他们曾经开局不错，在海边有一间可供出租的房子。夫妻二人在那里开始生活得越来越好，虽然没有期望的那么好，但还是很不错的。接着就遇到了猩红热爆发，这对包括他们在内的成百上千的其他不走运的人来说，意味着破灭。接下来二人尝试做生意，结果弄得自己的境遇比之前还要糟糕，最终落得负债累累。这钱是找一位脾气温和的前雇主借的，但这一屁股债欠得太多，他们永远都没有还清的希望。

在此之后，邦汀一家没有回去继续当仆人，也许他们本来应该这样做，夫妻一起或者其中一人回去干这老本行。不过他们还想最后试一试，拿着为数不多的钱租下了玛丽勒本街的这座房子。

以前，当他们过着受庇护的、非个人的、最重要的是经济宽裕的日子——算是生活给予那些兢兢业业承担家务劳动的男男女女的补偿——时，他们都住在可以俯瞰摄政公园的房子里。住在同一个社区似乎是一个明智的计划，外表斯文的邦汀保留住以前的关系则更为明智，他的人脉可以不时帮人在私人聚会上找个服务生的工作。不过对邦汀一家这样的人而言，生活总是迅速变化的。他的两个前主人都搬到了伦敦的另一个区，贝克街他认识的一个做餐饮的人已经破产了。

现在呢？呃，邦汀不能接别人提供的工作，因为他已经把正装当掉了。作为丈夫，他未经妻子同意就当掉了衣服，本不应该这样做。结果他直接到当铺当了。邦汀太太对此什么都不想说。不过，邦汀在当掉衣服的当晚默默地把钱给了太太，而邦汀太太用这钱买了最后一包香烟。

之后，邦汀太太坐在那儿，脑子里都是这些让人痛苦的思绪，突然，房子的前门传来了两声敲门声。声音很大，颤抖中夹杂着犹豫。

第二章　新房客到来

邦汀太太紧张地站了起来。艾伦在黑暗中站起来听了片刻。邦汀坐着读报就着的灯光透了几束过来，让这片黑暗显得更黑了。

那人又敲了两下，声音依然不小，还是能从中听出颤抖和犹豫。艾伦告诉自己说这敲门声预示的可能不是什么好事。房客通常都是急促、用力、信心十足地敲。不，这肯定是个乞丐。这种最让人不舒服的人时刻都找你要钱，有时候是哀求，有时候是恐吓。

这类叫不出名字、神神秘秘的无业游民在每一座大城市里四处游荡，男女都有，邦汀太太和这类人有着特别不好的经历，尤其是女性。不过，自从晚上家里走廊不再点灯之后，她就很少遇到这样惹人厌的访客了。这些人就像蝙蝠一样，会被点了灯的房子吸引，不考虑没点灯的。

艾伦打开了客厅的门。本来一直是邦汀去应门的，但她比邦汀更清楚该如何对付难缠或者蓄意滋事的人。今晚不知怎地，艾伦想让邦汀去前门看看。而邦汀还坐在那里聚精会神地看报，他对卧室门打开的唯一反应是抬头看了一眼,说:"你没听到有人敲门吗?"

艾伦没有回答他的问题,径直走进了走廊。接着,她慢慢地打开了前门。

前门台阶最高三级上站着一个身材高瘦的男人,披着一张因佛内斯斗篷,戴着一顶老式礼帽。他站在那儿等了几秒钟,眼睛眨巴地看着艾伦,也许是因为走廊里的汽灯晃到了他的眼睛。当仆人多年的邦汀太太训练出来的反应告诉她,这个男人虽然看起来有些怪,但有着天生的绅士气质,她前主人一直让她和这类人打交道。

"听说您这里有房间出租?是真的吧?"这个男人问,他的声音有些尖,听起来心神不宁而且很犹豫。

艾伦迟疑地回答说:"是的,先生。"在开放租房之后,他们已经很久没有想过能带谁进这栋值得尊敬的房子了。

艾伦出于本能往边上站了站,这个陌生人从她身边走了过去,然后进了走廊。

接着,邦汀太太第一次注意到这个男人左臂挽着一个窄小的袋子。看起来相当新,是用柔韧的棕色皮革做的。

他说:"我想找几间安静的房间。"然后他神情恍惚,心不在焉地重复在说"安静的房间",还有些紧张地看着自己四周。

当这个男人看到精心装修的走廊十分干净时,他土黄色的脸有了一丝血色。

走廊里放着整洁的衣帽和雨伞架,陌生人疲倦的双腿站在上好的暗红色粗地毯上,脚下感觉松软。四周墙壁的毛面墙纸的色彩与地毯搭配和谐。

这房子非常不错,显然房东也极其能干。

艾伦礼貌地说:"先生,您会觉得我的这些房间都相当安静。现在我有四间房可以出租。除了我和我丈夫之外,房子里没有别人。"

邦汀太太的口吻礼貌而淡定。这个潜在房客的突然出现似乎有点让人欢喜过头,难以相信。他的说话方式和声音也彬彬有礼,令人愉快。这让可怜的艾伦回想起很久以前年轻时的欢乐时光与安心的感觉。

陌生人说:"听起来很不错,四间房吗?嗯,也许我只要两间,不过我还是想把四间房都看看,然后再做决定。"

太走运了,邦汀点燃了汽灯,吸引到了这位房客,这真是非常走运!要不然这位绅士会错过他们这所屋子的。

艾伦转向楼梯,有点太激动,都忘了前门还开着。是这位她已经在心里称之为"房客"的陌生人转身,然后迅速穿过走廊关上了前门。

艾伦大声地说:"噢,谢谢您,先生!很抱歉麻烦您了。"

这一刻,他们四目对接,这个男人语速颇快地说:"在伦敦开着前门不关不安全。我希望您不会老是开着前门。别人会很容易溜进来的。"

邦汀太太有些失望,虽然陌生人依然彬彬有礼,但显然很不高兴。

艾伦很快回答说:"先生,我向您保证,我从不留着前门不关的,您完全不需要担心这个。"

这时从关着门的客厅里传来了邦汀的咳嗽声。虽然这咳嗽声不大,但是邦汀太太未来的房客反应不小。

他一只手紧握着艾伦的胳膊,说:"谁在那儿?到底是谁?"

"先生,那只是我丈夫而已。他几分钟前出去买了份报纸,我想,就是那会儿冻感冒了。"他紧紧地盯着艾伦,满腹狐疑地说:"您丈夫?您丈夫,呃,我可以问问,您丈夫是干什么的?"

艾伦挺直了身体。这个关于邦汀职业的问题不关别人的事,虽然被人这么问,但她还是没有表现出不满。她生硬地回答说:"先生,他是做服务的,以前给一位绅士当过仆人。当然,如果您要求的话,他也可以侍候您。"

然后艾伦转身带着他走上了陡峭狭窄的楼梯。

在第一段楼梯顶部是邦汀太太称之为客厅层的地方。这一层前面有一个客厅,后面是卧室。邦汀太太打开了客厅的门,很快点燃了枝形吊灯。

虽然前面这个房间因为家具很多,有点太挤,但还是足够舒适的。这一层地上铺着苔藓状的绿色地毯。屋子正中央摆着一张桌子,围绕着它的是四把椅子。在门对面,可以俯瞰楼梯平台的屋子一角放着一只宽大的老式梳镜柜。

暗绿色的墙上挂着一组八件的版画,都是维多利亚时代早期的美女形象。这些美女身着蕾丝衣和塔勒丹薄纱的舞会装,都是从一本以前的《美人集》里挑出来的。邦汀太太非常喜欢这些画,她觉得这些画让客厅有了一种优雅和精致的味道。

艾伦急匆匆地点燃了汽灯,她打心眼儿里觉得高兴。就在两天前,她铆足了劲将这个房间整理得焕然一新。

上次这间房住了一些偷鸡摸狗、肮脏不堪的人,邦汀粗暴地威胁说要报警才把他们吓跑,这之后,房间一直没整理过。不过现在变得井井有条了。但邦汀太太痛苦地发现,有一个无法忽视的例外是窗户没有白色窗帘。要是这位绅士真的要租房,那很快就可以弥补这个缺失了。

但现在是什么情况?陌生人怀疑地打量着四周,说:"这房子对我来说,有些……有些太大了,呃,邦汀太太,对吧?我想看看您的其他房间。"

艾伦轻声说:"对,是邦汀太太。"

说话间,艾伦觉得自己很难受,焦虑的心再次忧虑重重。也许她想错了,虽然这位男士的确是位绅士,但她没料到这是位贫穷的绅士,太穷了,连多租一间房,每周八个或十个先令的租金都付不起。虽然八个或十个先令对自己和邦汀来说没什么帮助,但是聊胜于无。

"先生,要不您看看卧室?"

"不,不看了,我想我应该看看房子最顶层怎么样,"说完,他好像经历了一番思想挣扎,喘了口气说出了艾伦的称呼,"邦汀太太。"

当然,客厅这一层上面就是顶层的两间房。不过这些房间看起来很残旧，因为里面没有做过任何装修。邦汀一家搬进来的时候对这两间房倒是没费什么事儿。实际上，这两间房的状况和邦汀一家看到它们时一样。

这样一来，这房子的主要特色就是里头的水槽和那个大煤气炉，要在这样的房子里整理出一间漂亮、有格调的客厅并不容易。那个款式过时的煤气炉上装有一个讨厌的投币表，往里头丢硬币才能用，这是前房东的财产，那房东知道这东西值不了几个钱，于是就将它和其他简陋的家具一起抛弃了。

房间里现在的家具结实耐用，十分干净，和邦汀太太其他的东西一样。不过依然显得空荡荡的，看上去令人有些不舒服。现在这位女房东后悔她之前没有把这两间房整理得更吸引人些。

然而，出乎她意料的是，这位陌生人一直阴沉着的敏感而棱角分明的脸上全是满意的神色。他大声说道："太好了！太好了！"然后第一次放下了一直靠在脚边的袋子，搓了搓瘦长的手，动作既迅速，又紧张。

他一边着急地大步走到煤气炉前，一边说："这就是我要找的房间。一流，真是一流！这就是我要找的！您得理解，邦……呃，邦汀太太。我是个做科研的。我做……要做各种实验，我经常需要，嗯，有比较好的热源。"

他突然伸出一只手，指着煤气炉，邦汀太太发现他的手有些颤抖。他说："这个，对我，也会非常有用。"说话间，他的手反复爱抚着石水槽的边缘。

这个男人猛地转身，摸了一下自己高而光秃秃的前额，然后走向了椅子，疲倦地坐了下来，喃喃地说："我累了，累了，累了啊，我一整天都在到处走，邦汀太太。而且我找不到可以坐的地方。伦敦街上没有可以让累的人坐的长椅。欧洲大陆上有椅子坐。邦汀太太，相比英格兰人，欧洲大陆的人更人性化。"

艾伦礼貌地说："是的，先生。"在紧张地看了一眼之后，她问了她非常关心的问题："那您的意思是要租我的房间了啰，先生？"

他环顾四周说："当然，我要这间。这房间就是我要找的，过去几天，我一直想找这样的房间。"接着他急忙补充道，"邦汀太太，我的意思是我一直想有一个这样的地方。如果您知道找这样的地方有多难，您会大吃一惊的。不过现在我不用再费神找了，这让我轻松，可以说非常轻松了！"

他站起来，神情恍惚地看了看四周，然后突然尖声问道："我的包去哪儿了？"声音里的愤怒带着恐惧。他瞪着面前平静的女人，这让邦汀太太感到一阵惊恐，全身颤抖了一下，仿佛楼下的邦汀隔得很遥远，无法上来救自己一样。

不过邦汀太太知道这种古怪的脾气一直以来都是那些家境不错、受过良好教育的人才会有的。她清楚有学识的人和其他人是不一样的，那么以此类推，她的新房客肯定是位学者。这时这位新房客用惊恐不安的声音说："我进来的时候肯定拿着个包的吧？"

艾伦安慰他说："先生，您的包在这里。"然后弯腰捡起了他的包并递给了他。她捡起包的时候注意到包一点也不沉，显然里面没什么东西。

这个男人着急地从她手里接过包,喃喃地说:"请原谅,袋子里有对我非常宝贵的东西,我费了好大的劲才得来的,如果不冒大风险,那就永远不可能再得到了。邦汀太太,抱歉我刚才那么激动。"

艾伦有些胆怯地问:"先生,我们谈谈租金吧?"她把谈话拉回到她最关心的话题上。

这个男人重复了她的话,说:"谈谈租金?"然后顿了一下,突然说,"我叫斯鲁思,是斯——鲁——思,邦汀太太,这名字是猎狗的意思,想到猎狗,您就不会忘记我名字的。我可以给您一个介绍人的名字(用艾伦的话说,这人说这话时斜着眼看着她,表情看上去有些滑稽),不过如果您不介意,我倒是希望我们可以省掉这一步。我愿意付您,呃,预付一个月的租金,如何?"

邦汀太太的脸颊出现了一些红晕,她觉得松了口气,或者应该说觉得有些高兴,之前几乎让她觉得痛苦了。直到这一刻,她才发现自己很饿了,非常想吃一顿好的。她小声说道:

"先生,那就可以了。"

"那您要收我多少钱呢?"这时候这位房客的语调变得缓和,几乎可以称得上友好。他接着说:"差点忘了!我还想您能为我提供些生活上的照料服务。您能向我提供什么服务呢?我应该不用问您是否可以下厨吧,邦汀太太?"

她说:"噢,我可以下厨,先生,我会做些家常菜。那每周二十五先令,先生您意下如何?"艾伦恳求地看着他,结果这个男人没有回答,于是艾伦有些支支吾吾地说:"您看,先生,这个价位应该不错的,我们会很好地照料您的生活,并且送上精致的食物。而且,先生,我的丈夫会很高兴能侍候您。"

斯鲁思很快说:"我不用这些,我喜欢自己打理我的衣服。我习惯自己照料自己。不过,邦汀太太,我特别不喜欢和别人合租。"

她着急地打断了这个人的话,说:"我愿意以同样的价钱让您用那两层,除非我们有新房客,不然这两层一直都是您的。先生,我不想您睡在那个不通风的小房间里。那房间太小了。可以按您说的办,先生,您可以在上面工作,做您的实验,然后到客厅来吃饭。"

这个人犹豫了一下,说:"好吧,听起来不错。如果我给您两英镑或两基尼,那您就不会再收新房客了吧?"

艾伦平静地回答说:"对,先生,我们很乐意只照料您一个人。"

斯鲁思说:"邦汀太太,我想您有这间房的钥匙吧,我不喜欢在工作的时候被人打扰。"

他停顿了片刻,接着有些着急地又说:"我想您也有这扇门的钥匙吧,邦汀太太?"

艾伦回答说:"噢,是的,先生,有钥匙,是一把十分精致的小钥匙。之前住在这里的人在门上装了新锁。"说着艾伦打开了房门,让斯鲁思看以前的钥匙孔上装着的圆盘。

斯鲁思点了点头，然后站着沉默了一小会儿，好像沉浸在自己的思绪中，接着他说："每周四十二先令？嗯，非常好。我现在先预付第一个月的租金吧。现在算算，四乘以四十二先令，那就是……"他猛地回头，看着自己的新任女房东，第一次露出了微笑，不过笑得让人觉得有些奇怪，有些像苦笑。他说："那就是只要八英镑八先令，邦汀太太，这很好，我为什么不租呢？"

斯鲁思马上将手伸进自己斗篷一样的大衣内袋，掏出一把钱。然后他开始把钱在房间中央的一张空木桌上摆开来。"这里是五、六、七、八、九、十英镑。不用找了，邦汀太太，我想让您明天早上为我买些东西。我今天不太走运。"但这位新房客说话的口气好像他的不走运并没有让他苦恼。

邦汀太太的心脏怦怦乱跳，她说："是的，先生，对您的事我感到遗憾。"她感到了无与伦比的欣喜，快慰的感觉令她眩晕。

斯鲁思的声音突然沉了下来，说："是啊，实在是太不走运！我的行李丢了，我想带走的仅有的几样东西都没了。"然后他又喃喃地说，"我不应该说那件事的，我太傻了，不应该说的。"他接着更大声地说，"有人跟我说'您没有行李是进不去出租屋的，房东们是不会收您的'。但是您让我租了，邦汀太太，谢谢您对我友好的款待。"斯鲁思充满感情，诚恳地看着她。邦汀太太感动了。她开始对这位新房客有了好感。

她沉静的声音顿了一下，说："我希望我看到绅士的时候就能认识他。"

斯鲁思再次诚恳地看着她说："邦汀太太，我在想明天我得买些衣服。"

艾伦说:"先生,您现在可以先洗手,您能告诉我您晚餐想吃什么吗?屋子里准备的菜不多。"

斯鲁思马上说:"噢,随便什么菜吧,我不想让您为了我现在出去。天都黑了,外面又冷又湿,还有雾。邦汀太太,如果您有一点面包和黄油,再来一杯牛奶,我就很满足了。"

艾伦犹豫地说:"这儿有好吃的香肠。"

香肠确实不错,是那天早上她买来给邦汀晚餐吃的。而她自己吃些面包和芝士就满足了。不过,她现在有一个绝妙的想法,这想法令她无法自拔。她觉得自己可以叫邦汀出去买些她和房客都喜欢吃的。艾伦手里的十英镑对她来说是沉甸甸的满足和欢乐。

"一根香肠?不,我怕这不行,我从来不吃肉,"他说,"邦汀太太,我上次吃香肠是很久很久以前了。"

艾伦犹豫了一下,说:"真的吗,先生?"然后她生硬地问,"那您要喝啤酒或者葡萄酒吗,先生?"

斯鲁思先生苍白的脸上突然出现了一种古怪、激动的表情,好像在压低自己的怒火。

他说:"邦汀太太,当然不用,我想我说得相当清楚了,我希望您也是滴酒不沾的。"

艾伦回答说:"先生,我也一直是滴酒不沾的,邦汀先生自从和我结婚以后也是这样。"艾伦就是这样自信的女人,很早以前,她在和邦汀相识的时候就让他戒酒了。邦汀还在追艾伦的时候，戒酒这件事第一次让艾伦相信他的话都是真心话。邦汀现在还像年轻时一样遵守诺言，艾伦觉得很开心。但是在日子难熬的那段时间，邦汀还是会喝点儿酒。

接着，艾伦下了楼，带着斯鲁思先生看了开在客厅外面的漂亮卧室。这个房间和楼下邦汀先生自己的房间一模一样，唯一的区别是这里的东西都要贵些，所以质量也更好些。

新房客在看自己四周时，疲倦的脸上满是某种满意而平静的奇怪表情。他呢喃着："休息的天堂啊。"然后他又对艾伦说："'主便引他们去他们所愿的天堂'，多美的句子，邦汀太太，您说是吧。"

"是啊，先生。"

艾伦有点害怕。这是这么多天来，第一次有人对她说话引用《圣经》的句子。这倒是让斯鲁思先生显得很体面。

只用照料一位房客，而且还是位绅士，而不用照顾一对夫妇，这也让艾伦觉得很轻松。以前也有夫妇租住邦汀一家的房间，不过不是在伦敦，那还是他们住在海边的时候。

他们太走运了，这是肯定的！自从他们到了伦敦，还没遇到过一对稍微有些体面、友好的夫妇。上一批房客还是那些最底层社会的人，这些人当时过得还不错，现在因为情况恶化，他们只能靠小偷小摸维持生计。

艾伦说："先生，我马上给您弄些热水来，还有干净的毛巾。"然后就朝门走了过去。

斯鲁思先生马上转身。"邦汀太太，"他显得有些结巴，"我，我想您别从字面上理解'照料'的意思。您不需要为我忙前忙后，我习惯自己照顾自己。"

艾伦有一种不舒服的奇怪的感觉，觉得自己被解雇了，甚至觉得自己有点被冷落，她说："好吧，先生，等我把您的晚餐准备好了，我再叫您。"

第三章 古怪之事

但是与走下楼告诉邦汀先生好运降临在他们身上这个天大的喜讯带来的慰藉和快乐相比，这冷落算得了什么？

邦汀太太看似沉着，却一个箭步跃下楼梯。在大厅里，她控制住自己，试图平复自己激动的心情。她一向讨厌且藐视喜怒形于色的表现；她把现在这种背叛自己的行为叫作"大惊小怪"。

她推开起居室的门，静静地站在门口许久，盯着她丈夫佝偻的背，然后痛苦地意识到，过去那几周让丈夫显得更加苍老。

邦汀先生突然转过头，看见了他的妻子，他站起来，放下手中的报纸。"嗯，"他说，"呃，他是谁，嗯？"

他感到有些惭愧，他听到了太太在楼上和来人的低语；本应该是他去应门，去和来者谈房租的。

然后，他的妻子立刻抛出十个君主币叮叮当当地堆在桌子上。

"你看！"她轻声说，语气中带着一丝激动和略带哭腔的颤抖，"邦汀，你看！"

邦汀先生凝视着这些钱，但眉头皱着，显得有些不安。

尽管他不机智灵敏，但他这一刻突然得出结论，他的妻子刚刚和一个家具经销商接洽过，而那十镑是卖掉他们楼上所有精致的家具得来的钱。如果真是这样的话，他们就快完蛋了。二楼的那些家具——艾伦昨天才残酷地提醒他——花费了十七镑九先令，而且每样都买得很实惠。现在她把它们都卖出去，只收到十镑，真是太糟糕了。

但他不忍心责备她。

他没有说话，只是看着对面的她。她看见他那烦恼的、责备的一瞥，猜出了他对这件事的看法。

"我们有了一个新房客！"她大喊，"然后——然后，邦汀？他真是一个绅士！他竟然先付了四个星期的房租，一周两基尼。"

"不，这不可能！"

邦汀迅速绕过桌子，他们站在那里，被这小堆金币吸引住了。"但这里有十个君主币。"他突然说。

"是的，那个绅士说我明天要为他买一些东西。还有，噢，邦汀，他是那么善于言辞，我真的能感觉得到——我能真的感觉得到……"邦汀太太向旁边走了一两步，坐下来，用她小黑围裙遮住脸，突然啜泣起来。

邦汀先生怯生生地轻拍她的背。"艾伦？"他说，被她的激动感染了，"艾伦？别这么伤心，亲爱的……"

"我不会，"她抽噎着说，"我……我不会！我是个傻瓜……我知道我是！但是，噢，我当时想我们不会再遇上这么好的运气了！"

然后她告诉他——或者说试图告诉他——那个房客是怎样的一个人，邦汀太太并不擅长说话，但是她说的一件事令她丈夫印象深刻，那就是斯鲁思先生是一个古怪的人，如同很多聪明的人都十分古怪一样——不过都无害——并且，这个人一定很幽默。

"他说，他不想被过度服侍，"最后，她擦着眼泪说，"但我能看出他还是希望得到一点照料，都是一样的，可怜的先生。"

正当她说完这些话，一阵陌生的铃声突然响起。那是起居室的铃被一遍遍地拉响的声音。

邦汀先生急切地看着他的妻子，说："我想我们最好上去，呃，艾伦？"他急切地想见他们的新房客。某种意义上，看看房客或许可以缓解当下的情绪。

"好，"她说，"你上去吧！不要让他等着！我倒想知道他想要什么？我说过当我做完他的晚餐时我会告诉他的。"

过了一会儿，邦汀先生又走下楼梯。他的脸上有种古怪的笑容。"你猜他想要什么？"他神秘地轻语道，邦汀看她沉默不语，继续说，"他问我借一本《圣经》！"

"好吧，我倒不觉得这有什么异常，"她很快地说，"尤其他要是觉得不舒服的话，我会把书拿上去给他。"

然后她走向两扇窗间的那张小桌子，从桌子上拿下一本厚厚的《圣经》。那本书曾是她服侍多年的女士的已婚女儿送她的结婚礼物。

"他说你可以在端晚餐上去时顺便把书给他，"邦汀先生说，然后他又说，"艾伦，他怪模怪样的——不像我见过的那些绅士。"

"他是个绅士。"邦汀太太强调地说。

"噢,好吧,没关系,"但他仍然充满困惑地看着她,"我问他需不需要我帮他收拾好衣服。但是,艾伦,他说他一件衣服都没有!"

"他当然没有多余的衣服,"她迅速地辩解道,"他不幸丢失了行李。他是那种容易被坏人们盯上的人。"

"是啊,一看就知道。"邦汀先生表示赞同。

紧接着又是一阵沉默,邦汀太太在一张纸上列出了希望她的丈夫出去帮她买的东西。她把纸递给他,又递给他一块君主币。"越快越好,"她说,"我有一点饿了。我现在下去看看斯鲁思先生的晚餐做好没有。他只想要一杯牛奶和两个鸡蛋。我很庆幸我从未把鸡蛋做坏过。"

"斯鲁思,"邦汀先生,凝视着她,回应道,"多么古怪的名字!你怎么拼它——S-l-u-t-h?"

"不,"她说,"S-l-e-u-t-h。"

"噢。"他疑惑地叹道。"他说:'想一想猎犬,你就永远不会忘记我的名字。'"邦汀太太说完笑了笑。

但邦汀先生走到门口,突然转身道:"我们现在能用那三十先令还我们欠年轻的钱德勒的钱了。我很开心。"她点点头。她的心,正如俗话说的,此刻里面装着千言万语。然后,他们开始各做各的事——邦汀先生消失在浓雾中,他的妻子下楼走进她那冰冷的厨房。

房客的餐盘很快就准备好了；上面的每样东西都经过精心准备，摆得很讲究。邦汀太太知道如何去服侍一位绅士。

正当这位女房东走上厨房的楼梯，她突然想起斯鲁思先生要一本《圣经》。她把餐盘放回大厅，走进她的卧室拿出那本书；但回到大厅时，她犹豫了一会儿，心想是否应该分两次送去。但是，不，她想她可以一次就送去，她把那本大而厚的《圣经》夹在腋下，端着餐盘，缓缓地爬上楼梯。

她不知道一会儿自己会吓一跳。事实上，当斯鲁思的女房东打开起居室的门时，差点松开了拿着餐盘的手。她吓得松开了胳膊，《圣经》摔在地上，发出沉闷的声音。

那个新房客把邦汀太太所有引以为豪的、裱好的维多利亚早期美人版画都翻了过来，正面朝墙壁挂着！

她目瞪口呆地站了许久，然后把餐盘放在桌子上，弯下腰捡起《圣经》。之前差点摔倒，这让她很烦心，不过又没办法——幸好那个餐盘没有一起摔在地上。

斯鲁思先生站起来。"我……我想按自己的心意收拾房间，"他局促不安地说，"您看，邦汀……呃……邦汀太太，我感觉我坐在那里时，那些女人看着我，这真是太不舒服了，让我觉得特别的恐惧。"

女房东正往半张桌子上铺一张小桌布。她没有回应房客的话，因为她不知道该说什么。

她的沉默似乎令斯鲁思先生不安。一阵漫长的寂静。

"我喜欢墙上什么也没有，邦汀太太，"他有些激动地说，

"事实上，我早已习惯了墙上什么都没有。"然后，他的女房东终于回应了他，以一种镇定的、安慰的、让他听起来很舒服的语气说："先生，我十分理解您。邦汀下次来的时候会把这些版画都摘下来。我们自己房间里有足够的位置放它们。"

"谢谢……十分感谢。"

斯鲁思先生似乎如释重负。

"我把我的《圣经》带来了，先生。我想知道您为什么想要它？"

斯鲁思先生茫然地盯着她许久，然后回过神来，说："是啊，是啊，我想要。没有任何一本书堪比《圣经》。这本书里有些东西，适合每种思想，没错，也适合每个人。"

"说得很对，先生。"然后邦汀太太拿出看上去真的有些美味可口的小食，转身静静地关上门。

她并未去厨房打扫卫生，而是直接下楼梯走进她的卧室里，在那里等邦汀先生回家。这使她想起了一段美好的回忆，那段青春往事，那时，艾伦·格林还是一位和蔼可亲的老太太的女佣。

那位老太太有一个她最宠爱的外甥——一个阳光、有趣的年轻绅士，他在巴黎学习画动物。一天早上，阿尔杰农先生——那是他有些特别的基督徒的名字——毫无忌惮地把墙上六幅著名兰西尔先生画的漂亮的版画反过来挂。

她很多年都没想起这些事了，如今却能清晰地回想起全部，如同它们在昨天发生一般。

那是很多年前了，她想起——那时候，女佣的地位并不像现在那么高，她与高级女佣一起睡觉。高级女佣每天都要很早起来干活——然后，在餐厅，她发现阿尔杰农先生正在将一幅幅的版画面对着墙挂！现在，他的姨妈特别看重那些画，这让艾伦感到很担心，因为一个年轻的绅士不应该和一位善良的姨妈过不去。

"噢，先生，"她惊愕地喊道，"您到底在干什么？"甚至过了这么久，他之前愉快的声音仿佛还回响在她耳边，这个人回答说："我正在做我自己的事，美丽的海伦。"——周围没人时，他常常称艾伦为"美丽的海伦"。"被这些半人半兽的怪物目不转睛地盯着我吃早餐、吃午餐、吃晚餐，我怎样去画那些普通的动物呢？"阿尔杰农先生用他那俏皮的方式回答道，而当他姨妈下楼梯时，他更为严肃、尊敬地用同样的话回答他的姨妈。事实上，他很清醒地宣布，兰西尔先生画的那些漂亮的动物毁了他的眼睛！

但他的姨妈并不太生气——实际上，她让他把那些画都翻回来了；然后他待在那里的每一天都不得不忍受他所称的"那些半人半兽的怪物"。

邦汀太太坐在那里，仔细地思考斯鲁思先生古怪的行为，并为她能回想起她年轻时那些有趣的事情而感到很开心。这似乎证明了她的新房客并不如他看起来那么奇怪。尽管如此，当邦汀先生回来时，她并没有告诉他这件刚刚发生的古怪事情。她跟自己说，她完全能够自己处理那些在起居室里摘下来的版画。

但在他们即将享用自己的晚餐前，斯鲁思先生的女房东走上楼梯，在楼梯上她听见了——说话的声音。在客房？她大吃一惊,在客房门口的楼梯平台上等了一会儿,然后她意识到那是房客在大声地自言自语。有些很恐怖的字眼飘进了她的耳朵。

"奇怪的女人是一扇窄门。她埋伏着,等待着猎物,还有那不断增加的男罪人。"

她还呆呆地站在那里,手握着门把,房客那奇怪、激昂、如歌咏般的声音冲击着她的耳朵,她不想再听了。结果房客说:"她的房间直通地狱,直通死亡之室。"

这令邦汀太太感到十分害怕,但是最终她还是鼓起勇气,敲门,走进客房。

"我最好把那些画清理走,对吧,先生?"她问。斯鲁思先生点点头。

然后他站起来,合上《圣经》。"我想我现在要去睡觉了,"他说,"我非常、非常地累。真是一个漫长而疲倦的一天,邦汀太太。"

在他走进里屋后,邦汀太太爬上一把椅子,取下斯鲁思先生感到被侵犯的版画。每幅被取下的画都在墙上留下一个不美观的标记——但毕竟,她也无能为力。

她踮着脚,轻轻走出去,不让邦汀先生听见她的脚步声,把那些版画两幅两幅地搬出去,立在她的床后。

第四章　钥匙和包消失了

当第二天早晨邦汀太太睁开眼睛后，她感到了一种前所未有的愉悦感。

有那么一刻她完全想不起来今天如此高兴的原因，不过之后，她想起来了。

想到楼上，就在她头顶上方，在她从贝克街的拍卖行上心满意足地买到的质量上乘的床上，躺着一位每周支付两基尼的房客，这是多么惬意的事啊！她没来由地觉得斯鲁思先生会是一个"永久房客"，不过如果他某天不住在这里了，那也一定是她的原因导致的。至于他那怪模怪样的举止，每个人都有自己有趣的地方嘛。但是，当清晨过去了大半，而邦汀太太也终于从床上爬起来之后，她有点儿慌张了：怎么斯鲁思先生的房间一点声响也没有？好在中午十二点的时候，客厅的呼叫铃响了。邦汀太太马上冲上了楼。她简直是迫不及待地想要讨好斯鲁思先生了。要知道斯鲁思先生来得正是时候，把邦汀一家人从苦难中解救出来了。

此刻的斯鲁思先生已经起床很久了，而且穿戴整齐。他坐在客厅中央放着的那个圆桌旁，面前放着一本翻开的《圣经》。

感觉到邦汀太太进来了,他抬起了头,不过他脸上的疲惫和劳累着实让邦汀太太有些不安。

"您应该不会刚好有一套索引书吧?邦汀太太?"他问道。邦汀太太摇了摇头,虽然她根本不知道索引书是什么,不过她很肯定自己绝对没有这个东西。

接下来,斯鲁思告诉邦汀太太他需要的东西,希望她能代自己去买。她很期望他随身带的那个包里能有一些维持体面生活的必需品——比如一个梳子或是刷子、一套剃须刀、一把牙刷,要是有几套睡衣就更好了——但是,没有,很明显她的期望破灭了,因为斯鲁思先生希望她去买的正是这些东西。

在邦汀太太为他准备完丰盛的早餐后,她就匆忙地冲出家门去买那些他急切需要的物品了。

重新感到自己钱包里有钱是多么令人欣喜的事情呀——不止是别人给的钱令她喜悦,更因为是她现在正在欣然地挣这些钱让她感到开心。

邦汀太太先是去了附近的一家理发店,在那儿买了刷子、梳子和剃须刀。那家店超级小,而且店里面弥漫着一股臭味,所以她尽可能迅速地挑选到了自己要买的东西,而且这样她就能有更多的时间听服务她的那个外国售货员讲关于复仇者谋杀案的奇怪细节了。这个案件就发生在四十八小时之前,要知道,邦汀太太对这个案子有一种病态的兴趣。

但是今天的这个谈话让邦汀太太心情很不好。在今天这么好的日子里,她不想去关心任何会令人感到痛苦或是不愉快的信息。

从店里出来,她就回到了家里,然后把买的东西拿给了房客。斯鲁思先生对买回来的每一样东西都很满意,当然也很礼貌地感谢了她。但是当她提出给他打扫卧室的时候,他皱了下眉头,看起来相当不情愿。

"今天晚上再打扫吧,"他慌张地回答道,"我习惯白天待在家里。只有晚上路灯亮的时候,我才有心情出去走走。如果我跟您以前习惯面对的那些房客有不同的话,您可一定要海涵呀,邦汀太太。我还是得跟您说清楚,在我思考问题的时候,我不喜欢被打扰。"说到这儿,他突然停顿了一下,叹了口气,才又严肃地说道,"对我来说,最有意义的问题就是生与死了。"

邦汀太太最终当然是如他所愿。尽管邦汀太太行为举止古板,并且喜欢规规矩矩,但她是一位真正的女士,她对男性奇怪的行为举止总是会有无尽的容忍度。

当她再次走下楼时,这位斯鲁思先生的女房东有些意外,但这是个令人高兴的意外。他在楼上和房客谈话时,邦汀的年轻朋友,那个叫乔·钱德勒的侦探上门拜访了。当她走进起居室的时候,看见自己的丈夫正从桌子上把一半的君主金币推给乔。

乔那张帅气白净的脸上全是满足的表情,并不是因为又看见了自己的钱,而是因为邦汀先生显然告诉了他的那个消息,说那个理想房客的到来简直就是一个改变他们命运的惊喜。

"斯鲁思先生说在他外出之后才能打扫他的卧室!"她大声说道,然后坐了下来,准备稍稍休息一下。不过发现房客已经享用完了丰盛的早餐还是一件令人欣慰的事，而且现在也不用再想他的事情了。现在她要做的事，是给自己和邦汀先生准备晚餐，而且她很热情地邀请乔·钱德勒留下来一起享用晚餐。

她的热情感染了这个年轻人，因为此时的邦汀太太正处在一个很少令她激动的心情之中，这种心情让她对一切事、人都感到满意。甚至当邦汀先生开始向乔·钱德勒打听那些可怕的复仇者谋杀案的时候，她也略带兴奋地听着。

在邦汀先生刚拿起来的那份早报上面，有三个专栏都刊登着这个伦敦大街小巷人人都在谈论的奇案。而且在享用早餐的时候，邦汀先生还读了一小段，此刻的邦汀太太有些和往常不一样，她感到亢奋和激动。

"他们可是说啦，"邦汀先生仔细地看完后说，"他们都说警察有线索，但就是沉默不语？"他急切地盯着乔，想得到答案。在邦汀先生的印象里，钱德勒在大都会警局的侦探科小有名气，坏人都怕他。尤其是现在这些恐怖而又充满神秘感的犯罪案件震惊了整个伦敦时，他更想从中了解些什么。

"那些话是错的，"钱德勒慢慢开了口，与此同时，一种不安而又厌恶的表情出现在了他那白净、坚毅的脸庞上，"如果苏格兰场有一丝线索的话，那对我可是会有很大影响的。"

邦汀太太插嘴道："怎么会呢，乔？"邦汀太太和善地笑着说道。这个年轻人对工作的热忱让她感到很开心。从他那缓慢而又肯定的语调中就能看出乔·钱德勒是很敏锐的，而且对这份工作很看重。他全身心地投入到了工作中。

"是这样的，"他随后解释道，"从今天开始，我就独自一人负责这个案件了。邦汀太太，您也看到了，苏格兰场明显被刺激到了。现在就是这样的，不过我们有勇气和决心。我对最近这次案件发生那晚当差的可怜家伙感到非常可惜。"

"不是吧！"邦汀怀疑地喊道，"你是说那晚在离案发地几码远的地方有一个警察在巡逻？"

这个事情可绝对没有在报纸上刊登出来。

钱德勒点了点头说道："我说的就是这个意思！邦汀先生。我听说那家伙现在几乎神志不清了。他说他确实听到过一声喊叫，但是他没有特别注意，因为在伦敦的那一片地区，总是有尖锐的喊叫声。想必您也能猜得到，人们总是在那些贫民区吵吵嚷嚷。"

"那你看见凶手写下名字的那张灰色的纸了吗？"邦汀先生急切地问道。

民众纷纷议论，猜想那张灰色的纸到底是怎么回事。据说那是一张只有三个角的灰色纸张，上面用红墨水潦草地写着印刷体的"复仇者"的字样，纸张被别在了受害者的裙子上。

现在邦汀先生那张圆润、肥胖的脸上满满写着的都是对答案的渴望。他把胳膊肘支在桌子上，眼睛满怀期望地盯着桌子那一端的年轻人。

"是的，我看见过了。"乔简要地回答道。

"那可真是一张有趣的名片呀！"邦汀大笑着说道，他脑子里突然蹦出了这个滑稽的俏皮话。

邦汀太太闻言却生气得脸都变了色。"这种事情怎么能拿来开玩笑！"她不满地说道。

钱德勒对此表示同意。"确实不能，"他深有感触地说道，"我永远都不会忘记在这个案子中看到的那些东西。至于那张灰色的纸，邦汀先生，不对，是那些灰色的纸张。"他马上更正道，"你知道吗，现在其中的三张都在苏格兰场里，想想都觉得瘆人。"

说完他突然跳了起来。"我突然想到可不能把时间浪费在这样轻松的聊天中了！"

"你不是说要和我们一起吃晚餐的吗？"邦汀太太热切地问道。但是这位侦探摇了摇头。"不了，"他说道，"我出来之前吃过饭了。你也知道的，我们的工作就是这么讨厌。可以这么说，对这个案件，我们还有诸多不明白的地方，所以我只能说，我们没有太多时间用在消遣上了。"

当他走到门口的时候，又转过身来，装作不经意地问道："黛西小姐近期还会来伦敦吗？"

邦汀摇了摇头，但是他的脸上挂着笑容。他真的是相当为自己这唯一的孩子感到骄傲，但是很可惜，他也不能很经常看见女儿。"不，"他说道，"恐怕她近期不会再来伦敦了。我们说的那个姨妈，就是那个老妇人，她牢牢地把黛西留在身边，上个月她对黛西留在这里就已经颇多不满了。"

"这样啊？竟然有一个月这么长的时间了！"

在他的妻子把这位朋友送走之后，邦汀先生开心地说："看起来乔很喜欢我们黛西呢，是吧，艾伦？"

但是邦汀太太很不屑地摇了摇头。她并不是完全不喜欢那个女孩，只是她不赞同邦汀的女儿黛西被她的姨妈抚养的方式，太懒散，没有任何好处，跟她自己在孤儿院接收到的教育理念完全不同，那时她还是一个小孩子，对除了好心的科拉姆儿童中心之外的任何家庭都没有好感。

"乔·钱德勒是个相当理智的年轻人，暂时不会想女孩子的事。"她尖锐地回答道。

"很明显你是对的，"邦汀先生同意这种说法，"时间是会改变一切的。在我那个年代，小伙子们总是有时间想这些事的。我也就是在听到他那急切的询问之后，才觉得他有可能喜欢上了黛西。"

******

大约下午五点之后，街上的灯都亮了，斯鲁思先生外出了，在同一个夜晚，有两个包裹寄到了邦汀太太这里。这些包裹里面装着衣服。不过邦汀太太可以很明显地看出那些绝对不是新衣服。事实上，那些衣服绝对是从某些二手商店买的旧衣服。这种事情对于像斯鲁思先生这样的绅士来说真是太可笑了！这证明他对于丢失的行李已经不抱任何希望。

邦汀太太很高兴这位房客走的时候没有带走他的包。但就算她爬上爬下找了各个地方，她也还是没能找到斯鲁思先生放包的地方。不过鉴于她本身就不是记忆力很好、头脑时时清醒的女人，她觉得自己一定是想象出来了这个包，而事实上这个包根本不存在。

但是不行，她绝不能这么想！她很清楚地记得斯鲁思先生第一次拿着包站在她面前时的情形，记得当时自己看到了一个外表奇怪的陌生人站在自家的台阶上。

她还记得当时斯鲁思先生是如何把包放在了外面房间的地板上，不过想不起来之后他干了什么，她只记得他很着急，甚至都有点生气地问他的包去哪里了，结果却发现其实包正安安稳稳地放在他的脚边。

邦汀太太越想越觉得奇怪，因为自从那以后，她再没有见过斯鲁思先生的包。不过很快，她想到包可能在一个地方。斯鲁思先生来的时候带着的那个棕色的皮包很有可能被锁在了起居室里那个衣橱的下面。斯鲁思先生从来都随身带着那把能打开角柜的小钥匙；邦汀也能找到那把钥匙，不过和包的情形一样，钥匙也消失了，从那以后她好像再也没见过那钥匙和包。

第五章　连环命案

接下来的几天就这么愉快又悄无声息地过去了，一切都平淡无奇。生活已进入正轨。侍候斯鲁思先生的工作，对于邦汀太太来说简直不费吹灰之力。

显而易见，这位房客只喜欢被一个人侍候，那便是他的房东太太。房客几乎没添任何麻烦，不像其他人那样，这给房东太太服侍他提供了便利。甚至他和其他绅士不一样也甚合她意，实际上，她一直在琢磨这位房客，觉得有些开心。房东太太已见惯的各种烦人陋习，斯鲁思先生都没有。因此无论他有什么古怪行为，在房东太太的眼里，只不过是些恰巧在房客身上出现的怪癖罢了。另外，斯鲁思先生不需要一大早就被叫醒，邦汀和艾伦可以睡到很晚。不用早晨七点或七点半的时候就醒来，上午也不过是为房客沏一杯茶，这真是让人觉得太舒服了。斯鲁思先生几乎没在早晨十一点前要求过什么。

但他的行为确实怪异。

第二天晚上，斯鲁思先生带回一本书。名字也奇怪，叫《克璐登索引》。这本书和《圣经》似乎就是他仅有的读物，邦汀太太很快就发现了两本书之间的联系。斯鲁思先生每天都要花数小时阅读。通常在吃过可以称作午饭的早餐后，他就会研读《圣经·旧约》和那本书，用那本奇怪的索引来和《圣经》对照。

至于涉及钱这样敏感又重要的问题，斯鲁思先生真的是符合房东太太的所有期待。没有人像他那样如此信赖别人的了。就在第一天，他把一笔相当可观的钱——184英镑，用一些脏兮兮的报纸包着，并随意地搁在了梳妆台上。邦汀太太对此感到不悦，她小心翼翼地向他指出这种行为是很愚蠢的，而房客仅报以几声大笑。当那种相当诡异、刺耳的笑声从他的两片薄唇间出来时，邦汀太太被惊得一愣一愣的。

"我知道谁可以信任，"房客的回答有些结结巴巴，正如他移动时一样，走走停停的，"而且，邦汀太太，我向您保证，我在彻底了解一个人的品行前，基本上不会和他们交谈，特别是女人（他说这话时深深地吸了一口气，还发出嘶嘶声）。"

房东太太很快就发现这位房客对女人有种难以名状的恐惧和厌恶。当她在打扫楼梯和平台时，经常听到他在大声读《圣经》里那些贬损女性的段落。不过邦汀太太对她的女性同胞其实也没多大好感，因此也没感到不快。而且，一个房客不喜欢女人这一点，还真不算是最糟糕的事。

再说了，担心房客的怪诞行为也只是瞎操心。没错，斯鲁思先生是有点怪。如果他对于在楼上住这件事"无感"——这是邦汀太太自认为诙谐的说法——他就不会住进去，过着一种旁人难以理解的孤独寂寞的借居生活，而是会选择住在有亲戚或志趣相投的朋友的圈子里,过一种截然不同的生活。如今,邦汀太太的思绪偶尔也会飘回房客刚来的时候——即便是最缺乏想象力的人也会有回首过去的冲动,而那些往事通常又会显得如此鲜活,以至于让人难以忘却——回想着当时自己很快就发现这位房客喜欢在夜深人静、一切都入睡的时候溜出去。

  房东太太让自己相信——虽然我怀疑她这样做是否正确——她第一次留意到斯鲁思先生的夜行习惯的那一晚,正是在她发现了一件怪事的前一天。这怪事便是,斯鲁思先生的三件西装中,有一件不见踪影了。

  经过较长一段时间后,人们将过往的某些事件遗忘了是很正常的,但令人百思不得其解的是,有些人竟然能将那些事件发生的时间精确到某一天的几时几分!过后想起来,尽管邦汀太太不能确定那是在斯鲁思先生借住在她家的第五还是第六个夜晚,但是她仍然能清楚地记得他是凌晨两点出去的,凌晨五点才回来。

  但是的确有这么个夜晚,这一点确定无疑,如同她的发现与注定要留在她回忆中的各种巧合同时发生一样的确定无疑。

******

  那是入夜后最安静的时刻,黑得让人窒息,邦汀太太已熟睡,却突然被一阵声响吵醒。声音听起来很熟悉,她立刻意识到是斯鲁思先生发出的。他踮着脚——最起码邦汀太太是这么认为的——先是下了楼,接着从她门前经过,最后轻轻地带上了前门。

不管怎么努力，邦汀太太再也睡不着了。她清醒地躺着，不敢动，担心会吵醒邦汀。直到三个小时后，她听到斯鲁思先生溜进了家门并上楼睡去了，才合上眼。

她再度进入梦乡，但早上起床后整个人无精打采。因此当邦汀主动提出他会出去买些东西时，她感到特别欣慰。

这对夫妇很快就发现，在饮食上满足斯鲁思先生的口味并不是件易事，尽管他通常都会表现出很满意的样子。对许多房东而言，这位"完美"的房客有个严重的问题——他是位食素者。一般来说，他是不吃任何肉类食品的，但有时也会勉强尝试下鸡肉，这时，他会邀请邦汀夫妇一起享用。

正是在这天，发生了萦绕于邦汀太太心头的事，直到如今还记忆犹新。那一天，邦汀太太准备为斯鲁思先生弄些鱼当作午餐，吃剩的就可以用来为他做顿简单的晚饭。

邦汀先生爱交际，也爱到他经常光顾的商店与人闲聊。邦汀太太十分清楚他起码要一小时后才回来，便不紧不慢地穿好衣服，打扫前起居室去了。

经过一个几乎彻夜无眠的夜晚，她整个人都是蔫蔫的，幸好斯鲁思先生一般不会在十二点前摇铃。

可是这天远未到十二点时，一阵响铃划破了屋里的宁静。是前门铃在响。

邦汀太太皱了皱眉，心想毫无疑问是那些收瓶子或破铜烂铁的人又来了。

她极不情愿、慢悠悠地去开了门。来人在外面等着，却是那个不错的小伙子乔·钱德勒。邦汀太太顿时面露喜色。

小伙子应该是在这潮湿、雾气重的天气中走得太快了，有些上气不接下气。

"怎么是你啊，乔？"邦汀太太有些惊讶，"快进来吧！邦汀先生出去了，不过很快就会回来。你最近都不常来了，忙些什么呢？"

"邦汀太太，您知道我在忙什么的。"

她盯着他好一会儿，思考着他这句话的意思。突然，她想起来了。对嘛，他正在忙着一桩案子——逮捕复仇者！她的丈夫最近又开始订那种半便士一份的晚报了，还一遍遍地将有关那起案件的报道读给她听，他再次被这个案子吸引了。

她将钱德勒带到起居室，幸亏邦汀出去前就把炉火生好了，房间里很暖和，而外头的天气冷得要命。只在前门站了这么一会儿，邦汀太太就感到一股寒气贯穿了全身。

显然，并不是只有她一人这么觉得，钱德勒大声说："要我说，待在这么暖和的地方比在外面感受那刺骨的寒冷要强多了！"说着，便一屁股坐在了邦汀的安乐椅上。

邦汀太太觉得这年轻人肯定又冷又累。他现在的脸色和平时因为经常在户外活动而晒出来的健康的小麦色相比，简直毫无血色。

"要不我给你沏杯茶吧？"她关切地问着。

"嗯，其实，我正想要一杯呢，邦汀太太，"说完便环顾四周,这时又叫了声,"邦汀太太……"

他的语气显得诡异又低沉,以至于邦汀太太立刻回过头问:"怎么了,乔?"突然,她心中掠过一丝恐惧,"你来这里该不会是想告诉我邦汀发生了什么事吧?他没出什么事吧?"

"天哪!当然不是!您怎么会想到那里去了?只……只是……邦汀太太,又发生了。"

他几乎是以耳语的声音说出来的,还略带悲伤地看着她,在邦汀太太看来,他眼神里充满了恐惧。

"又发生了?"她有些迷茫地望向他。过了一会,她恍然大悟,原来"又发生了"是指又发生了桩神秘诡异的骇人谋杀案。

她大大地松了一口气——有那么一瞬间她真的以为乔前来是要告诉她邦汀出事了——以至于她听到这消息后还挺高兴呢。当然,如果她更多地关注这件事的话,必定会震惊不已。

几乎是不经意间,邦汀太太已经开始热切关注这一系列令人震惊的、让整个伦敦城的百姓浮想联翩的凶杀案了。在过去的两到三天里,邦汀频繁就这个案件提出的各种怪问题侵占了她原本高雅的思想。他们现在可以毫不避讳地谈论这件事,对"复仇者"和他的所作所为的浓厚兴趣也可以毫无掩饰地显露出来。

她将茶壶从煤气炉上提起。"真可惜啊,邦汀不在家,"她吸了一口气说道,"他会很乐意听你说这些的,乔。"

在说这些话时,她把滚烫的水倒进了茶壶。

钱德勒一声不吭,她转过身来看了他一眼,惊呼道:"哎呀,您的脸色怎么这么差!"

的确,这位年轻人看起来确实糟糕透了。

"那也没办法,"他喘着气说,"告诉您这些让我有些恍惚。您知道吗?我是第一批到达现场的人,案发现场真令人作呕。天哪,实在是太可怕了,邦汀太太!别再提了。"

茶还没泡开,他就一股脑地喝下去了。

她同情地看着他,说:"为什么你会这样?乔,你见过那么多恐怖场面,我真想不出会有什么能令你如此不安。"

"这次真的和以前的完全不一样,"他回答道,"还有……还有就是……噢,邦汀太太,这次是我发现了那张纸条。"

"这么说是真的啰?"她惊呼,"复仇者真有纸条留下!邦汀一直都这么认为的。他不相信有人会在这件事上开玩笑。"

"我确实发现了这么一张纸条,"钱德勒回答得很勉强,"您知道吗?邦汀太太,即使……即使……"他压低了声音,看了看周围,好像隔墙有耳似的,"即使是在警局,也会有些行为怪异的人。这些谋杀案真让我们的神经高度紧绷。"

"不会吧!"她说,"你不会觉得是警察干的吧?"

他不耐烦地点了下头,好像根本就不屑回答这个问题。然后他说:"我发现那张纸条时,尸体还是温的……"他的声音有点颤抖,"为了这事,我今早还跑了趟西区。我的一位上司住在那附近的艾伯特王子排屋区,我得向他报告这件事。他们竟然连杯水都没给我,您不觉得这是最起码的吗,邦汀太太?"

"当然,我也这么觉得。"她漫不经心地答道。

"但是吧,唉,我真不知道该不该说,"钱德勒继续说着,

"他让我随他去了更衣室,而且就在我告诉他相关情况时,他表现得十分体贴。"

"要吃些东西吗"?她突然问他。

"噢,不用了,我根本吃不下,"他忙说,"我觉得自己再也咽不下任何东西了。"

"你这样会病倒的。"邦汀太太有些生气,她是个情感细腻的人。为了讨她欢心,他拿起一片切好的、抹了黄油的面包咬了一口。

"好吧,我想您是对的,"他说,"今天够我忙的了,而且我早上四点就起床了……"

"四点?"她说,"就是在那时,他们发现了……"她斟酌了一下,"'它'的?"

他点了点头:"碰巧我就在那附近。如果我或者另一位发现尸体的警官能早点赶到案发现场的话,哪怕只早半分钟,我们就会和那……那魔头撞上了。不过有两三个人看见嫌犯逃离了。"

"他长什么样?"她好奇地问。

"噢,其实很难说。您瞧,那会儿的雾很浓。但目击者都看到嫌犯提着一个袋子——"

"一个袋子?"邦汀太太重复道,还刻意压低了声音,"是什么样的袋子,乔?"

突然,她的心底生出一种奇怪的感觉,一种兴奋、颤栗的感觉。连她自己也感到不解。

"不过是个手提袋罢了,"钱德勒含糊地说,"我问过——准确地说，是盘问了一个女的，她说'其实我只看到了一个高高瘦瘦的身影，没错，他又高又瘦，还提着个袋子'。"

"一个袋子啊？"邦汀太太心不在焉地重复道，"真是奇怪……"

"怎么会奇怪呢？他作案时总得要带些工具吧。我们一直想知道他是如何藏匿那些作案工具的。您知道，一般人都会在作案后立刻弃掉那些刀啊、枪啊之类的工具。"

"是吗？"邦汀太太仍是一副有诸多疑问却又漫不经心的样子。她在想，真得去瞧瞧房客把他的袋子放哪去了。也许——实际上，仔细想的话，还是很有可能的——这么健忘的一位绅士，还喜欢到摄政公园散步，说不定哪天出去时就将袋子弄丢了。

"一到两小时之内，我们就会发布疑犯的外貌特征，"钱德勒继续说，"说不定有助于抓到他呢。我想，没有哪个伦敦人不想将他绳之以法的。好吧，我想我也该走了。"

"不等邦汀了吗？"她犹豫地问道。

"不了，但我会再来的，也许就是今晚或明天吧。到时会告诉您更多消息。感谢您的茶，邦汀太太，它让我缓过来了。"

"还有一堆事需要你费神呢，乔。"

"是啊，我已经领教过了。"他沉重地说。

没过多久，邦汀就回来了，但他们发生了口角，这在斯鲁思先生到来后还是第一次。

事情经过是这样的：邦汀听说乔来过后，便埋怨邦汀太太没有从钱德勒那里打探出更多关于今早发生的恐怖事件的细节。

"艾伦，你别告诉我你连案发地点都不知道！"他愤怒地说，

"我觉得你肯定只是敷衍了一下钱德勒，你就是这么干的！你说，他来这里是为了什么呢？不就是想要把这件事告诉我们吗？"

"他来这里是为了想吃点东西，喝杯茶，"邦汀太太反驳道，"不然你以为那可怜的小伙子为什么来我们家？他难受得很，根本就不想提这件事。事实上，他进屋坐下后，才有精力说话。他告诉我的已经够多了！"

"他难道没有告诉你，复仇者签了名的那张纸片是四方形还是三角形的吗？"邦汀追问道。

"没有。而且，那又不是我应该关心的问题。"

"真是个蠢货！"他戛然而止。报童正走在玛丽勒本街上，广而告之今早发现的可怕事——这已经是复仇者制造的第五桩命案了。邦汀去买了份报纸，他的妻子便将他买来的东西拿进了厨房。

外头传来的卖报声显然吵醒了斯鲁思先生，因为房东太太进厨房还没到十分钟，他就摇铃了。

第六章 黛西要来了

斯鲁思先生的铃又响了一遍。

斯鲁思先生的早餐其实已准备好了。自从他成为邦汀太太的房客后,这还是第一次邦汀太太没有立刻回应他。当铃声第二次命令般地响起时——这老式房子还没有装电铃——邦汀太太决定上楼瞧瞧。

当她从厨房出来,穿过门厅准备上楼时,邦汀正惬意地坐在客厅中,听见妻子端着满满的托盘踏着很沉重的步子走过的声音。

"等一下!"他叫道,"我来帮你吧,艾伦。"他从她手中接过了托盘。邦汀太太一言不发,两人一同来到了楼上的起居室。

她在这里截住了他。"还是让我来吧,"她轻声说,"把那个给我吧,邦汀。房客不会喜欢你进去的。"他照做了,正准备下楼时,她又有些埋怨地说道:"你总得帮我开下门吧!我手上托着这么沉的东西,怎么可能开得了门呢?"

她这种异常又烦躁的口吻令邦汀吃了一惊,甚至有点恼火。艾伦并不是那种活泼开朗的女人,但在平时,她的性情挺平和的。他觉得妻子还在为他刚才说起钱德勒和复仇者谋杀案的语气生气。

不管怎样,他总是希望他们俩能和和睦睦的,所以还是去开了起居室的门。邦汀太太走进房间时,他就下楼去了。

一进房间,她便感到莫名地放松,心中的烦恼一扫而光。

和平时一样,房客正坐在老地方读着《圣经》。

不知为何,她原本期待着斯鲁思先生今天会和平常有所不同。但他还是老样子。实际上,当他望向她时,比平时更愉快的笑容让他那原本瘦削、苍白的脸有了一些生气。

"我今早睡过头了,邦汀太太,"他亲切地说着,"但我感觉非常好。"

"那太好了,先生,"她低沉地答道,"我的一位女室友曾说过,'休息是古老却最有效的疗法'。"

斯鲁思先生把《圣经》和《克璐登索引》从桌上移开,站了起来,看着他的房东太太摊开桌布。

忽然,他又说起话来了。通常来说,他早上都不怎么健谈的。"邦汀太太,刚才是有人和您站在门外吗?"

"是的,先生,是邦汀帮我把托盘端上来的。"

"恐怕我给你们添了太多麻烦。"他踟蹰地说着。

她立刻答道:"噢,并没有,先生!一点也不会!我昨天还说我们从来都没有遇到过像您一样好侍候的房客,先生。"

"那就好。我还担心自己的习惯会很古怪。"

他目不转睛地看着她,好像在期待她能反驳自己的话。但邦汀太太是个诚实的女人，她从未质疑过他的话。斯鲁思先生的习惯确实有些古怪。就拿那次他三更半夜或者可以说是一大早跑出去的事来说吧。因此她保持沉默。

她在桌上摆好了给房客的早餐，并准备离开房间时，问道："是否等到您离开后，我再来打扫房间，先生？"

斯鲁思先生猛地抬头。"不，不用了。邦汀太太，我研究《圣经》时不希望有人打扫我的房间。而且我今天不会出门，得进行一项精密的实验——在楼上。就算要出门……"他停顿了下，盯着她看，"我也要等到晚上才出去。"接着，他又回到之前那个话题，快速地补充道："我下楼时您或许可以打扫一下我的房间？大约在五点左右——如果您方便的话。"

"噢，当然可以，先生。再好不过了！"

邦汀太太下楼去了，一声不吭地扎进一堆工作里。但她并没有直视——即便是在内心最深处——他也没有直面那使她心神不宁、异样的恐惧和颤动。她不断地告诉自己："我只是有些不安而已。"接着她说出了声："下次一定得到药铺那儿抓一剂药了。没错，必须得这样。"

她刚喃喃地吐出最后一个字，前门就传来了两下响亮的敲门声。

那只不过是邮差在敲门，但邮差在他们家算是稀客，于是邦汀太太很吃惊。我就是紧张过头了——她生气地对自己说。不用多想，这封信是给斯鲁思先生的，这名房客在世界的其他角落肯定会有些亲戚、朋友吧。所有像他这样的绅士都会有的。但当她从地上捡起那封信时,发现竟然是黛西的来信。黛西是她丈夫的女儿。

"邦汀!"她扯着嗓子叫道,"有你的信!"

她打开起居室的门并探头望了望,看见丈夫就在里面,正舒服地靠在那张安乐椅上看着报纸。她看着他那宽厚圆胖的背,心中突然生起一股无名火。看吧,他每天都这样,无所事事——事实上,比无所事事还糟——只顾着读那些有关恐怖罪案的新闻,简直浪费时间!

她长长地叹了一口气,连她自己都没意识到。邦汀简直越来越懒散了,对于像他这个年龄的人来说真不是件好事。但她又能怎样呢?他们初识那会,他可是一个非常活跃、勤劳的男人!

她仍然记得——甚至比邦汀自己记得更清楚——他们第一次见面的情形,那是在坎伯兰排屋九十号的宴会厅。她当时站在那里,往女主人的杯中倒着葡萄酒,但她的魂其实已飞走了。她不停地用眼角的余光打量着站在窗边的那位穿着考究、仪表堂堂的同事。那时的他是多么出类拔萃啊!以至于她满心盼望着他能当上管家。

也许是因为她今天情绪不稳吧,当这些往事如此鲜活地浮现在眼前时,她感到喉咙一阵发紧。

她把那封写给丈夫的信留在桌上后,轻轻地带上了门,回厨房去了。有一些地方还需要打扫,还有晚餐得准备呢。在厨房里头,她理清了自己的思绪,并下定决心处理邦汀的问题。但如何才能使邦汀回到从前呢?

幸亏有了斯鲁思先生,他们的生活已不那么拮据了。就在一周前,他们是那么的绝望无助,仿佛没有任何人或事能将他们拉出泥潭。而如今,一切都改观了。

或许,到贝克街上的登记处瞧瞧会有帮助,顺便去见下那个新来的负责人。即便只能找到一份临时工,对于邦汀来说也不错——他其实现在能接一些固定的类似侍从的活。但邦汀太太知道,人一旦养成散漫的习性,想要让他摆脱谈何容易。

她又上了楼,当看到邦汀不仅把桌布铺得这么好,还把两张椅子搬来放在桌旁后,她又对刚才那些想法感到羞愧了。

"艾伦?"他的声音显得有些急切,"重大消息!黛西明天要来!她那边有人染上了猩红热,姨妈觉得她最好过来这边住上一阵子。而且她会在这里过生日。她现在已经十八岁,过不了多久就十九岁了!真感觉自己年轻不再啊!"

邦汀太太放下了托盘。"我现在可接待不了那女孩,"她不耐烦地回答道,"我要忙的已经够多的了。而且那房客带来的麻烦比你想象的要多。"

"这是什么话!"他尖锐地说道,"我会帮你的,但之前是你自己不让我帮忙服侍他的,这错可就不在我啦。当然,黛西肯定会来,不然她一个女孩子还能去哪儿?"

邦汀被这么一挑衅,显得相当亢奋,几乎露出了轻松的神色。但当他看到妻子的脸色时,他的满足感一下子就消失了。艾伦的脸色显得病恹恹的,而且很憔悴,看上去疲惫不堪。就在他们的日子又要好起来时,她这个样子实在是很恼人。

"其实嘛,"他突然说道,"黛西可以帮你干些活啊,而且她可以为这个家添些生气。"

邦汀太太没作答。她一屁股坐在了桌子旁,有气无力地冒出了一句话:"你把她的信拿给我看看吧。"

他把那封信递给了她,她慢慢地读着。

亲爱的父亲:

　　我真希望这封信可以尽快到您手中。帕多斯太太最小的孩子得了猩红热,因此姨妈认为我最好立刻去你们那里待上几天。请转告艾伦,我不会给她添任何麻烦的。如果我没得到消息,我十点就会出发。

爱您的女儿

"好吧,看来黛西一定要来这儿了,"邦汀太太缓缓地说,"让她干点活也是有好处的,哪怕只有那么一次。"

尽管艾伦答应得相当不情愿,邦汀已经很满足了。

******

剩下的时间就这么平静地度过了。夜幕降临时,房东太太听见斯鲁思先生上了顶楼。她知道,整理他房间的时候到了。

斯鲁思先生是个爱整洁的男人,他不会像其他男人那样把东西扔得到处都是。他把所有东西整理得井井有条。他的衣服,还有邦汀太太在他初来时的头两天买的各种物品,都被整整齐齐地摆放在了抽屉里。他最近买了一双靴子。他当时穿来的鞋子显得有些怪异，是一双胶底的磨面绒革鞋。他第一天还嘱咐房东太太不要把那双鞋拿下去清洗。

真是有趣的习惯。寒冷多雾的夜半时分，其他人都宁愿待在家、蜷缩在被窝里睡大觉时，他却偏要外出。不过斯鲁思先生自己都承认他是个怪人。

整理好他的床铺后，房东太太便把起居室好好地打扫了一番。这客厅其实并没有她设想中的那么好，邦汀太太一直想要好好布置一番。但斯鲁思先生在卧室时，他不喜欢邦汀太太在起居室里走来走去；他起床后，又基本上待在客厅里。尽管看起来他挺喜欢顶楼的，但只会在做那些神秘的实验时会去一下，还都不是在白天去的。

而就在这天下午，她渴望地看着黑檀木制的小衣橱——她甚至轻轻地摇了摇这件漂亮的家具。如果能像那些老朽的衣柜那样，即便门被锁上了，也打得开，她该有多高兴！她的好奇心也会因此得到满足的！

但这小衣橱就是不肯泄露其中的秘密。

******

就在当天晚上的八点左右，乔·钱德勒来了，但只谈了几分钟。他已从早晨的那种焦躁不安的情绪恢复过来了，显得精气十足。他与邦汀交谈时，邦汀太太虽然只是静静地听着，却很感兴趣。

"确实，"他说，"我现在感觉非常好！我整个下午都在躺着，得到了充分的休息。告诉你们吧，苏格兰场认为今晚会出事，那畜生总是习惯一次干两票。"

"真的吗？"邦汀充满好奇地问道，"真的是这样啊？唉，我怎么没想到。所以说，乔，你认为那怪物今晚还会干上一票啰？"

钱德勒点了点头："是的，而且我觉得今晚逮住他的机会非常大……"

"嗯，会有很多警员出动吧？"

"我想是的！您觉得今晚会出动多少警力呢，邦汀先生？"

邦汀摇了摇头。"这我就不知道了。"他无奈地说。

"我指的是额外调遣的那些有多少呢？"钱德勒鼓励他。

"一千人？"邦汀大胆地猜了猜。

"整整五千人，邦汀先生。"

"不会吧！"邦汀先生尖叫起来，感到相当震惊。

甚至连邦汀太太也重复了一句："不会吧！"她感到难以置信。

"是真的，我们的头儿已经忍无可忍了！"钱德勒从大衣的口袋里拿出了一张折叠起来的报纸，"听听这个吧：'警方很不情愿承认他们没掌握任何与这些骇人罪行的作案者们相关的线索。据悉，意料之中的是，我们了解到市警察局的警察总监已策划好一起大规模搜捕行动，有人认为这很有可能会演变成一场激烈冲突。'

"你们怎么看？对绅士而言，这读起来真不爽，对吧？"

"警方抓不住他，的确挺奇怪的，不是吗？"邦汀争辩说。

"这没什么奇怪的呀，"钱德勒反驳道，"来，再听听另一则消息。报纸上终于有点真实的东西了。"他慢慢地念了出来：

"'如今，在伦敦，对这起犯罪事件的侦查就像是一场捉迷藏游戏。警探被蒙住双眼，手也被绑着，接着就被放在这座大城市中的贫民窟里，捉拿凶手去了。'"

"这是什么意思，乔？"邦汀先生问道，"你的手并没被绑着，眼睛也没被蒙住啊？"

"这只是比喻性的说法，邦汀先生。意思是，我们的装备比法国那些逊多了，简直还没有他们四分之一那么好。"

这时，邦汀太太第一次开口："乔，那是什么意思——'作案者们'？就在你读的第一篇报道里。"

"正是这样。"他急切地转向她。

"所以说，他们认为凶手不止一个人啰？"她说着，瘦削的脸上出现了释怀的神情。

"有些人觉得这是个帮派犯罪，"钱德勒答道，"他们觉得一个人根本完不成那些事。"

"你是怎么想的，乔？"

"实话说吧，邦汀太太，我根本不知道往哪儿去想，我现在脑子挺混乱的。"

他说完便起了身："你们不用送我了，我会关好门的。再见！或许，明天见。"

和那晚一样，这位客人走到前门时，停下来随口问了问：

"有黛西小姐的消息吗？"

"有，她明天就要来了，"她的父亲说，"她那边有人得了猩红热，所以她姨妈觉得她最好来避一避。"

那晚，夫妇俩很早就上床了，但邦汀太太难以入睡。她清醒地躺着，听着从附近老教堂的钟楼每隔一刻钟、半小时、一小时敲响的钟声。

就在她快要迷迷糊糊睡去时，应该有一点了，她听见自己潜意识中期待听到的声音——那位房客又鬼鬼祟祟地下楼并经过她门前的脚步声。

他蹑手蹑脚地穿过走廊，轻轻地出了门。

邦汀太太竭力保持清醒，但早在他回来前，就已沉沉地睡去了。

倒也奇怪，第二天早上她起得最早。更奇怪的是，今天她一下就跳下床，走到外头进入走廊，并拾起刚从信箱缝隙塞进来的报纸。在平常，这些事可都是邦汀做的啊。

但报纸拿到手后，邦汀太太并没有马上回房。她打开通道走廊里的灯，倚在墙上稳住自己的身体，瑟瑟发抖又疲倦不堪地翻开了报纸。

果然，头条正如她想寻找的一样：

"复仇者"凶杀案

但接下来的报道令她欣慰不已：

直至本报截稿前，震惊伦敦、乃至整个文明世界的一系列令人发指的谋杀案并未取得太大进展。这些案件看上去是由憎恨女性的极端分子所为。从昨天早上发生的最后一桩邪恶的凶案至今，尽管抓了些嫌疑人，但仍无可靠的线索证明已经抓到了罪犯或罪犯们。被逮捕的嫌疑人都能提供有力的不在场证明。

接着，她又看向下方的报道。

事件持续发酵，连外来人也能嗅出弥漫在伦敦城中的异常气息。至于昨晚发生的命案现场……

"昨晚！"邦汀太太大吃一惊，接着她才意识到，"昨晚"在这里指的是前天晚上。

她又接着看：

至于昨晚发生命案的现场，通往那里的所有道路仍被大批围观群众挤得水泄不通。当然，现场已无悲剧发生过的痕迹。

邦汀太太小心翼翼地将报纸顺着原来的褶痕折好，然后弯下腰把它放回垫子上。她熄了灯后，又回屋躺到仍睡着的丈夫身边。

"有什么事吗?"邦汀含糊不清地问,并翻了个身,"有什么事吗,艾伦?"

她轻声地说,声音因一种莫名的喜悦而显得有些颤抖:"没有,邦汀,没什么要紧的。继续睡吧,亲爱的。"

一个小时后,他们就起床了。两人心情都很好,邦汀是因为他的女儿要来了,甚至连黛西的继母也告诉自己,有个女孩来帮一下忙也是件不错的事。

十点左右,邦汀出门买东西去了。他买了一小块上好的猪肉、三个碎肉馅饼,为黛西的晚餐作准备。他甚至还记得买了些苹果做苹果酱。

第七章　黛西到来

十二点的钟声刚敲过，一辆四轮马车就停在了门口。

黛西从车上下来了。她脸颊通红，表情兴奋，笑得眯起了双眼，任何做父亲的看到女儿这样都会满心欢喜的。

"老姨妈说，怕这里天气不好，让我最好搭车。"她开心地大声说。

在车费上有了一点争议。众所周知，从国王十字街到马里波恩路不过两英里左右，但司机要收一镑六便士，而且还暗示说载她到这儿实际是帮了她一个大忙。

黛西留下司机和邦汀聊天，自己则沿着石砌小路走到家门口。继母在门前等待着她。

两人互相礼节性地吻了一下，事实上，邦汀太太只是敷衍地啄了一下。寒冷的空气中突然传来哭闹声，听起来像是从艾格威街传来的拖长了音的嘶叫，这声音夹杂在远处的喧嚣声中。

邦汀疑惑地大声问：

"那是什么？为什么会有这声音，那到底是什么？"

马车司机压低了声音说：

"他们是因为国王十字街的谋杀事件在哭号,这次又有两个人被杀!所以我说要多收一点车费。我不会跟哪位小姐乱要价的,过去这五六个小时,国王十字街附近挤满了从伦敦各地来的人,还有好多有钱的绅士去那里呢……不过,那边现在没什么好看的了。"

"什么?昨晚又有女人被杀?"

邦汀打了个冷颤。五千名警力竟然还不能防止这样可怕的事情发生?

马车司机盯着他,激动地说:

"两个人呢!我告诉您啊,这两个相隔只有几码。他胆大包天!不过,她们都喝醉了,他专找喝醉的人下手。"

邦汀随口问道:

"他们抓到人了吗?"

"老天!当然没有!他们从来都没抓到过。事情一定是好几个小时前发生的,尸体已经又冷又硬,被丢在一条废弃已久的小巷子里,所以警察们之前没有发现它们。"

嘶叫声愈来愈近,两个报童好像都想把对方的声音压下去。

"国王十字附近的惊人发现,冷血复仇者再次出山!"

邦汀还没来得及放下手上女儿的草帽,就跑到路上,匆匆给了报童一便士,买了一份半便士的报纸。

他的情绪愈来愈激动,因为和乔·钱德勒的交情,这些谋杀案似乎变得与他个人有关。他真希望钱德勒像昨天早上一样,这时候能够尽快来告诉他更多内幕,只可惜他当时不在家。

走进大厅时,他听到黛西亢奋的声音。她正跟继母说着猩红热的事,说起初发现的时候,姨妈的邻居们还认为是荨麻疹。

邦汀推开起居室的门,听到女儿惊恐地尖叫着:

"艾伦,怎么啦,你看起来很糟糕!"

他的妻子低声回答道:

"开窗,快!"

"国王十字街附近可怕的发现终于有了线索!"报童兴奋地喊道。

接着,邦汀太太止不住地笑,前俯后仰,仿佛陷入狂喜之中。

"爸爸,她怎么了?"黛西显得有些害怕。

"她有点歇斯底里,就是这么回事,"邦汀简短地回答说,"我去拿水罐来,等一下。"

邦汀觉得很莫名其妙。艾伦的表现真是荒唐,不过她就是这样一个容易情绪化的人。

房客的铃声突然又响起,要么是这声音有魔力,或者是拿水罐的威胁有魔力,邦汀太太突然回过神。她摇摇晃晃地站起来,但心智已经稳定了些。

"我上去,"她的声音有点发抖,"孩子,你去厨房,烤箱里烤着一块猪肉,你可以开始削苹果,准备做果酱。"

上楼时,邦汀太太觉得双腿像踩着棉花,手也在发抖,必须扶着楼梯扶手。她极力控制住自己,过了一会儿才觉得稳定了不少,这才敲起楼上客厅的门。

卧室里传来了斯鲁思先生的声音。

"邦汀太太,我不舒服,"他用抱怨的语气说道,"可能感冒了,您能否帮我倒杯茶放在门外?"

"好的,先生。"

邦汀太太转身下楼,还是有点不适,头晕目眩,所以她没有直接去厨房,而是用客厅的煤气灶帮斯鲁思先生泡茶。

午餐时,这对夫妻就黛西睡觉的地方聊了几句。他们本来早在顶楼的房间铺了床给黛西睡,但邦汀太太认为不妥:

"最好让黛西和我一起睡,您睡楼上好了。"

邦汀有点惊讶,但还是答应了。他知道艾伦是对的,让一个女孩单独住在楼上挺孤独的,更何况虽然这位房客表面上看起来举止斯文,但他们依然不是很了解他。

黛西本性善良,喜欢伦敦,而且希望自己能帮继母一些忙。

"我来洗碗,你们就不用麻烦再下楼了。"她开心地说。

邦汀开始在房间内四处踱步,妻子瞥了她一眼,在猜他到底在想什么。

"你没买报纸吗?"她终于问他。

"当然买了,"他赶忙答道,"但是放到一边了,我想你最好别看,你总是很紧张。"

邦汀太太狐疑地瞥了他一眼。但是他仍一如往常,显然刚才的话并无其他意思。

"他们在街上叫什么?我是说在我不舒服之前。"邦汀太太说。

这回是邦汀狐疑地瞄了她一眼。他觉得妻子突然间歇斯底里的奇怪举止是外头的骚动引起的,她并非是伦敦唯一一个对复仇者谋杀案感到恐惧的女人,早报上提到,许多女性都害怕独自外出。她刚才的怪异举止可能与外头的喊叫和喧嚣没有关联?

"你不知道外面在叫些什么?"他缓缓问道。

邦汀太太看着他。她大可以掩饰过去,假装对这些叫闹声一无所知。但是问到这个点上,她发现自己装不下去了。

她低声答道:

"知道,我听到了一些零星的消息,又发生了一桩谋杀案,是不是?"

"两件。"邦汀镇定地说。

"两件?真是坏消息!"

她脸色苍白,甚至有些发绿,让邦汀觉得她的毛病又要发作了。

"艾伦!"他小心翼翼地说,"你现在得当心,我不认为这些谋杀案有什么让你担心的。不要去想这些。想别的!我们不需要聊这些,不必说这么多,这个……"

"但我想聊这些!"邦汀太太歇斯底里地咆哮道。

这对夫妇隔着桌子站着,丈夫背对着炉火,妻子则背对着门。

邦汀看着妻子,觉得摸不着头脑,又感到心烦。看来她真是病了,原本瘦小的身躯显得更瘦小。他第一次伤感地告诉自己,妻子老了。她修长的手扶住桌沿,一直在抽搐,这双手保养得很好，仿佛没做过什么粗活，美丽且柔软。

邦汀非常不想看到她这个样子，他自言自语道："噢，老天，艾伦可不能病！不然恐怕要出大乱子了。"

她低声要求：

"告诉我详情，没看到我正等你说吗？邦汀，快说！"

"没什么可说的，"他不情愿地说道，"报纸上内容很少，但送黛西来的车夫说——"

"嗯？"

"就是我刚才说的，这回有两个受害者，她们都喝得烂醉。可怜的人啊！"

"出事地点是不是上回发生命案的地方？"她害怕地看着丈夫问道。

邦汀怯生生地说：

"不，不是的，艾伦。是在更偏西的地方，事实上离这里不太远，就在国王十字街一带，这都是车夫说的，你看，他们说在废弃已久的小巷子里。"

说完，他觉得妻子眼神看起来很奇怪，于是赶紧加了一句：

"我现在说得够多了，很快就可以从钱德勒那里听到更多消息，他今天肯定会来。"

邦汀太太缓缓地说：

"五千名警察都不管用吗？"

她放松了抓住桌沿的手，身体则稍稍站直了点。

"一点用都没有，"邦汀很快答道，"那人身手利落，而且一点失误都没有——等一下,"邦汀转身拿起他搁在椅子上的报纸看了说,"没错,他们说了一条线索。"

"线索?"

邦汀太太声音微弱地说道。她弯着腰,又抓紧桌沿。但她丈夫并没注意到,他把报纸凑到了眼前,非常满意地念着:

"可以欣慰地说,警方至少认为他们掌握了一条有利线索,有助于逮捕……"然后邦汀放下报纸,快速绕过桌子。

因为他的妻子发出一声奇怪的呻吟似的叹息,然后滑倒在地板上,手上还抓着桌布。她躺着像是昏死过去,邦汀吓坏了,打开门大叫:"黛西,黛西,赶快过来,艾伦又不行了。"

黛西赶忙过来,她临危不乱的表现,让此刻焦虑的父亲感到很欣慰,她说:

"拿块湿海绵,爸,快!如果有,还要一滴白兰地,我来护理她。"

邦汀拿来一个小药瓶,黛西疑惑地说:

"我不知道艾伦到底是怎么了?我刚来时,她还好好的,饶有兴趣地听我说,但突然就……您知道为什么吗?她平时不是这样的吧?"

"不!不。你看,我们最近过得很糟糕,日子艰难到不该让你知道,我亲爱的。艾伦只是现在感觉承受不住了,就这样。她是个勇敢的人,一点抱怨都没有,但这事已经影响到她了。"

邦汀太太这时好了点,她坐起来,慢慢睁开眼睛,下意识地摸摸头发,看是不是乱了。

她并没有真的"昏"过去,如果有,那对她还好点儿。邦汀太太只是很难受,超过了她承受的能力,她得倒下来才舒服。邦汀的话碰触了这个可怜女人心中最不愿意别人碰触的痛处,她不禁热泪盈眶。邦汀太太一直以为她先生无法体会她在忍饥挨饿的日子里所承受的痛苦。

但她有种病态的性格,不喜欢任何多愁善感的表现,觉得那非常愚蠢。所以,她说:

"不要大惊小怪,只是有点晕。"说着便推开邦汀刚才快速倒的一杯白兰地。

"我绝不沾这东西,死也不碰。"她大喊道。

邦汀撑着桌子站起来说:

"孩子,回厨房去吧!"但他的声音颤抖,有点哽咽。

"艾伦,你没好好吃东西,才会这样的。"邦汀突然说道,"这两天你吃得不够,体力不支。我很早就说过,女人不能光靠空气生存,但你看,你从来都不听!"

黛西挨个看了看他们,亮丽的面孔上笼上了一丝阴影:

"我完全不知道你们过得这么苦,爸爸!"她激动地说,"您为什么不让我知道这个情况?我可以从老姨妈那里拿点东西来。"

邦汀太太忙说:

"我们不想这样……当然,到现在我还是记得当时那种感觉,那种焦虑等待的日子,那种……那种……"要不是她克制了一下,"饥饿"就要脱口而出了。

"但现在一切都好了,多亏了斯鲁思先生。"邦汀说。

他的妻子用低沉而怪异的声音答道：

"是啊，我们现在都很好，就像您说的，邦汀，这都要感谢斯鲁思先生。"她到椅子旁坐下，说："我还是有点晕！"

黛西看着她，转过头压低声音跟父亲说话，但邦汀太太依然听到了他们对话的内容。

"父亲，你不觉得艾伦应该看医生吗？或许医生可以给她治疗一下。"

"我绝对不看医生！"艾伦突然说，"在以前做事的地方，我见过许多医生，十个月之内，那家主人请了三十八个医生，但女主人还是去世了，那些医生只诊断她有什么病，这有用吗？她还不是走了，可能还走得更快。"

"那是因为你上一任女主人她吸毒嘛！"邦汀口气坚决地说。

当时艾伦一心一意地照顾女主人，直到她去世，否则他们早就提前几个月结婚了。邦汀对这事始终耿耿于怀。

"不要提这事了，"艾伦微笑道，然后以超乎平时的温柔的语气对黛西说，"黛西，如果你不去厨房，那我就得做饭了。"

黛西听了赶紧走出房间。

邦汀开心地说："我觉得这孩子越长越漂亮了。"

"人们总是忘记美貌只是肤浅的外表，"邦汀太太的感觉似乎好多了，"不过，邦汀，我也认同你的看法，黛西是个非常好的女孩，好像也更听话了。"

"我说，我们不能忘了房客的午饭，"邦汀有点焦急地说，"今天有鱼吧？如果你觉得不舒服，我就叫黛西去做，然后我送上去！"

"我还好，可以送午餐给斯鲁思先生。"她很快答道。她很不喜欢听到丈夫说"房客的晚餐"。他们在一天的中午时吃的是午饭，而斯鲁思先生吃的是午餐。不管那个人多古怪，邦汀太太始终认为这位房客是个彬彬有礼的绅士。

"毕竟他喜欢让我照顾，对吧？我会弄好的，你别担心。"停顿了好一会儿，她补充道。

第八章 可怜、善良又孤独的人

可能是午餐比平常送晚了点儿，斯鲁思先生胃口很好，他吃蒸鳎鱼的速度，比楼下吃烤猪排的房东太太还要快。

"希望您现在好点儿了，先生。"邦汀太太收餐盘时勉强自己说道。

但斯鲁思像发牢骚似地答道：

"我并不觉得今天感觉好了点儿，邦汀太太，我累了，非常累。躺在床上的时候，好像总是听见各种声音，太多哭闹声了，我希望马里波恩街不要变成喧嚷的大街。"

"噢，不，先生，我想不会这样的，这里向来很安静。"

她顿了一下，尽量不去暗示那些嘈杂声是怎么来的。

"我觉得您应该是感冒了，"她突然说，"如果是我的话，下午就不会出去，我会留在屋子里，外面的粗人太多了……"

或许她平淡的语气中流露出的警告和恳求的意味被这位房客抓到了，斯鲁思先生抬头看了看她，深灰色的眼睛显出不安的眼神。

"抱歉，麻烦您了，邦汀太太，我想我会听您的劝告，安安静静地待在家里。只要有《圣经》在手,我就永远不会觉得无事可做。"

"不怕眼睛不舒服吗?先生。"邦汀太太小心地说,她不知怎么的,开始感觉好了点儿。相比坐在楼下挂念斯鲁思先生的情况,不如上楼和他聊聊,她在这楼上舒服了一些,内心的恐惧和身体的不适似乎都被驱逐了出去。当她和斯鲁思先生共处的时候,他是这样地彬彬有礼,又那么优雅。

斯鲁思先生是个多么可怜、善良又孤独的人!这样的人连一只苍蝇也不会伤害,何况是个人呢?她必须承认斯鲁思先生是个怪人,她当了多年的女仆,也见过不少这样的怪人,但怪人里总是女的比男的多。

邦汀太太是个非常敏感却通情达理的女人,她以前从未因为任何事纠结很久。她服侍过许多家庭,她明白人类高尚、善良、单纯的人性中依然可能潜藏着异常的东西。所以如果她现在恐慌或者歇斯底里的话,那就太不幸了。

她以一种尖锐、欣喜,就像斯鲁思先生刚搬来那会儿的语调说:

"先生,大概半小时后我会再上来收拾,希望您待在家里好好休息。外面的天气又闷又糟糕!如果您要买些什么,就让我或邦汀代您去吧!"

大概下午四点钟左右,前门的门铃响了。

黛西已经洗好了盘子,她确实帮继母省了不少工夫。现在三个人正坐在那儿聊天,黛西搞笑地讲着老姨妈吹毛求疵的做事方式，两个人被黛西逗得很开心。

"谁啊？"邦汀说，"钱德勒肯定不会这么早。"

"我去开，"艾伦说着，忙从椅子上站起来，"可不能让陌生人进来。"

她自言自语地走进走廊：

"线索，会有什么线索？"

等她打开门一看，是乔，她松了口气：

"乔，怎么这么早？没料到是你啊！欢迎，欢迎，请进吧！"

乔走了进来，他年轻而英俊的脸上写满了疲倦。

"我想邦汀先生可能想知道——"

他兴奋地大声道，邦汀太太赶紧制止了他，她不想让楼上的斯鲁思先生听见年轻的钱德勒要说的话。

"不要这么大声说话。"她的声音有点尖。"房客今天不舒服，他感冒了，"她赶忙补充道，"过去两三天，他都没法出门。"

她为自己的大胆，还有自己的虚伪感到吃惊，刚才那可是她这辈子第一次如此大胆又刻意地撒谎。就像许多其他女人一样，在她们的判断中，掩藏真相和说出谎言是有天壤之别的。

但钱德勒没有特别留意她的话。"黛西小姐来了吗？"他降低了音量说。

邦汀太太点点头。乔进了屋，看到邦汀父女正坐在里面。

"乔，"邦汀开口问道，"你正好可以跟我们说说那条神秘线索的消息，我想你不可能告诉我们已经抓到凶手了吧？"

"目前还没这样的好消息，"乔郁闷地说，"如果抓到他，我现在应该就不在这里了。但苏格兰场终于要公布凶手的特征,而且他们找到了他的凶器。"

邦汀兴奋地喊道:

"不会吧?你在开玩笑!那是个什么东西?他们确定是他的?"

"呃,还不能确定,但似乎是的。"

邦汀太太已经悄悄溜进屋内,关上了房门。她背靠门,看着眼前这些人,没有一个人想到她。她感谢上帝,不用参与讨论就能了解一切。

"听听这个!"乔·钱德勒狂喜地大喊,"这消息还没有向社会公布,但我们今早八点就拿到了,动作很快,是吧!"他读道:

> 悬赏通告:男性,约二十八岁,身材瘦长,身高约五英尺八英寸;肤色偏黑,不蓄胡子;身穿黑色斜纹外套,戴硬檐帽,内有白色高领衬衣,系着领带;带着报纸包裹,外表斯文。

邦汀太太走向前,她长长地舒了一口气。

"就是这家伙!"乔带着胜利的口吻说。"现在,黛西小姐,"他用开玩笑的口吻对她说,但是他坦率、雀跃的声音中有点颤抖,"如果你认识这样斯文的年轻人符合刚才的描述,到警察局告诉我们就可以领到五百镑奖金。"

"五百镑!"黛西和父亲异口同声地叫道。

"是啊!这是昨天市长提出的悬赏,只有社会人士可以领,我们警方的人不能领,可惜啊。毕竟一切麻烦都是我们在承担。"

"能把悬赏通告给我吗?我想亲眼看看。"邦汀说。

钱德勒把通告递了过去。

过了一会儿,邦汀看了看,递回给了他:

"描述得很清楚,不是吗?"

"是啊,符合这种描述的年轻人大概有几百——不!几千,"钱德勒讽刺地说,"就像早上我的一个朋友说的,在这之后,恐怕没人敢拿着报纸包裹出门了,至于外表斯文恐怕也不是什么好事了……"

黛西开心地笑了,她非常欣赏钱德勒先生的幽默。

邦汀突然问:

"为什么看到他的人不试着逮住他?"

邦汀太太低声地插嘴道:

"是啊!乔,这事有些奇怪,对吧?"

乔·钱德勒咳了一声:

"嗯,是这样子。没有人真的看到事件的经过。这些描述是综合了两位自认见到凶手的人的叙述。您看,谋杀案发生在凌晨两点钟,这个时候街上鲜有人在,尤其是有浓雾的夜晚。有个女人说她看见一个年轻人从案发现场离开,另一个人时间上晚了点,说复仇者从她身边走过。这案子的负责人主要是根据这两人的描述,再综合之前案子其他人的叙述,让我们做了这个悬赏通告。"

"那这个复仇者也可能与通告描述的完全不同呢？"邦汀失望地慢慢说道。

"嗯，当然有可能！不过，我想这些描述与他非常吻合。"钱德勒说，但语气里有些犹豫。

"乔，你刚才说找到了凶器？"邦汀委婉地问。

邦汀很高兴艾伦让他们继续聊，事实上，她自己对这话题也很感兴趣，还朝他们凑近了点。

"对，他们认为找到了他作案用的凶器，"钱德勒说，"今早，他们在发现尸体的长巷周围方圆一百码内搜索，结果找到了一把很特别的刀——'利如锋刃，尖如匕首'，负责人就是这么形容的。这刀子给了他很多灵感，我的意思是要比人们对凶手的描述给的灵感多。所以现在我们又有了新差事。凡是卖这种刀的店，我们都得上门问问。"

"为什么？"黛西问。

"问问是否有人看到有谁曾把玩这样的刀、那把刀又是谁的之类的。但是，邦汀先生，"钱德勒忽然一本正经地说，"这条消息明天才会见报，所以您千万不要出去告诉任何人，您知道，我们不想打草惊蛇。如果他知道有人找到了刀，他就会更小心，我们可不想这样。如果有店家说一个月前曾卖过这种刀，而且又知道客人去了哪里，那……那……"

"那接下来会怎样？"邦汀太太靠得更近了。

"那报纸就不会登这则消息。只有商店也没有任何线索的情

| 79

况下,我们才会登这则消息。届时,我们就得从私人渠道找看见凶手带着这把刀的人。赏金可是五百镑!"

"噢,我真想看看这把刀!"黛西激动地合掌说道。

"你真是个残忍的姑娘!"她的继母激动地叫了起来。

大家都讶异地看着邦汀太太。

"别这样,别这样,艾伦!"邦汀用责备的口吻说。

艾伦不高兴地说:

"这个念头真可怕!通过出卖别人来换取奖金。"

黛西觉得被冒犯了:

"我当然会很想看看,"她争辩道,"我并没有提奖金,那是钱德勒先生说的,我只是说想看看刀。"

钱德勒缓缓地说:

"嗯,你总有一天会看到的。"

说着,他脑中闪过一个绝妙的点子。

"噢!你干吗这么说?"黛西问。

"等他们抓到他后,我带你到我们在苏格兰场的'黑色博物馆'去,到时候你就会看到了,黛西小姐。这座博物馆收藏着各种作案工具。所以我说,一旦用这把刀子将复仇者定罪,这把刀子就会被放在这博物馆里,你到时候就可以看到啦!"

"黑色博物馆,在你们那里设博物馆干什么?"黛西好奇地问,"我以为只有大英博物馆。"

邦汀和钱德勒,甚至连邦汀太太听了都大笑起来。

"真是个傻姑娘!"她的父亲笑着说,"伦敦到处都是博物馆。

问问艾伦，我们谈恋爱时就常去那些地方，尤其在天气不好的时候，我们去的次数更多。"

"但我们这间博物馆可是最让黛西小姐感兴趣的，"钱德勒热切地插进来说，"这是一间'恐怖之屋'！"

"乔，为什么你以前从来没提过这个地方，"邦汀兴奋地问，"那里真的收集了各种与犯罪有关的东西吗？像是谋杀用的刀？"

"刀？"乔大声道，暗自高兴自己成了话题的焦点。黛西那双蓝色的眸子落在他身上，连邦汀太太也期待地看着他。"不止是刀，邦汀先生，还有小瓶装的毒药，那是真正用来杀人的毒药。"

黛西问："你随时都可以去那里？"

她之前从来不知道作为伦敦警队的警探到底有多少出人意料的特权。

"噢，我想我应该可以，"乔微笑着说，"反正我可以带个朋友进去。"

他意味深长地看着黛西，黛西也期盼地看着他。

但是艾伦恐怕不会让她和钱德勒出去，艾伦太一本正经，到了让人生气的地步。邦汀先生怎么说……

"你说得是真的，乔？"

"是，当然是！"

"嗯，那如果这个要求不过分，我想有一天也去参观一下这个博物馆。我可不想等到复仇者落网才去，"说着，他望了艾伦一眼，"不管你同不同意，反正我不残忍，只不过是对这些东西好奇，我一向对这些非常好奇；我有段时间还非常嫉妒'巴罕谜

| 81

案'里的那位仆人呢。"

黛西再次和钱德勒目光交汇,两人的表情包含了许多意思。钱德勒似乎在说:"你父亲也想去这样的地方?挺有意思,如果他真的想去,我也没办法,只好让他同行,当然最好只有我们两个人。"而黛西的表情、眼神也饱含言语,虽然可能乔从表情里读出的意思不如她读懂他的多,黛西的表情在说:"是挺麻烦的,但如果父亲真想去,就让他去吧!还是会很有趣的。"

"那么,邦汀先生,您看后天怎么样?我大约两点半左右叫您,然后带您和黛西小姐去苏格兰场,大概不会花太久。我们可以坐巴士去,一路到西敏寺桥,"他看了女主人一眼,"您要跟我们一起去吗,邦汀太太?那可真是个有趣的地方。"

但这位女主人坚决地摇摇头:

"那会让我不舒服,去看那种剥夺可怜人生命的毒药瓶,还有那些刀!"

她苍白的脸上露出了真正恐惧的神情。邦汀先生赶忙说:

"好了!好了!各忙各的吧,我总是这么说的。艾伦这次不去了,留在家照顾小猫吧!对不起,我的意思是说照顾房客。"

"我不会拿斯鲁思先生开玩笑,"邦汀太太沉着脸说,"但是,乔,我还是要谢谢你的好意,给邦汀和黛西这么稀罕的款待。"

她说这话时语含讽刺,但其他们三个人都没有注意到。

第九章　钱德勒与黛西

当黛西穿过这扇大拱门，通往苏格兰场允许外人进入的打击文明社会犯罪机构的"心脏"时，她觉得自己好像真的在冒险小说的世界里自由穿梭。即便是三人一起搭电梯上楼，黛西都觉得是次全新的愉悦体验。她一直都和老姨妈住在一个淳朴而宁静的小镇上，这可是她第一次乘电梯！

这幢宏伟的建筑让钱德勒倍感骄傲，他带着他们走下一条宽阔幽深的长廊。

黛西挽着父亲的手臂，为自己的运气感到一点惊奇和错愕。当看到很多办公室里都有人在忙碌，在安静地解谜案，黛西感到有一种肃穆的气氛，她年轻快活的声音也消失了。

他们经过一个门半掩的房间，钱德勒顿了一下，对黛西的父亲低声道：

"看这里面，这就是指纹室，约有超过二十万人的指纹在这里记录在案。邦汀先生，我希望您知道，一旦我们掌握了一个人五个手指的指纹，如果他曾有前科的话，他所有的犯罪行为都会在我们的掌控之中，他根本不可能逃脱！虽然这些记录数以百万计,但不会,呃,不出半小时,我们就知道这个人是否以前犯过罪!是不是很了不起,嗯?"

"了不起!"邦汀深吸了一口气,毫无表情的脸上闪过一丝不解,"了不起。但是,乔,对那些留下指纹的可怜虫来说,这可很让人害怕啊!"

乔笑了:

"没错,再聪明的人也逃不掉。不久前,有个人知道他在这里有记录,所以想尽办法弄伤了手指,只为了把指纹弄模糊,您明白我的意思吧?但六个月后皮肤愈合了,指纹如初。"

"可怜的坏蛋!"

邦汀吸着气说道,黛西雀跃热诚的脸上却笼上了一层阴云。

他们走过一条更窄小的通道,也看到有扇半开的门,里面的房间比指纹鉴别室小了许多。

"如果您往里头看一眼,就会发现因为留下指纹而让罪行曝光的人的所有资料,这里面有他们的行为、犯罪等记录,罪犯的指纹与个人记录都是有编号连在一起的。"

"了不起!"邦汀屏住气息。

黛西一心想赶紧去黑色博物馆。乔和她父亲之间的谈话,对她而言太虚了,她不想费脑筋去想。不过没等多久,她就到了。

一位肩膀宽阔、相貌英俊、看上去与乔交情匪浅的青年迎面过来,为他们打开一扇看来似乎很普通的门,接着就领着一行人进了黑色博物馆。

刚进这个地方,黛西觉得失望,也感到意外。这间又大又明亮的房间让她想到了镇上的图书馆科学室，里头也是中间的地方被一圈落地玻璃围着，让他们可以看清楚展品。

她走过去看门附近的玻璃框里的展品。都是些很小的东西，像是那种乱糟糟的屋子里又老又破的旧壁橱里才会有的东西——旧药罐、脏兮兮的围巾、像小孩用的破灯笼、甚至还有一盒药丸……

四周墙上也满是奇怪的东西，有旧铁片、用木头和皮革制成的各种怪东西等等。

真是让人失望。

然后黛西渐渐发现令房间如此明亮的大玻璃窗下有一排架子，上面摆着一排真人大小的人头石膏像，每个头都微微向右偏，大约有十二个，这些石膏像看来像是在凝视前方，表情奇怪而无助，非常逼真。

"这些到底是什么东西？"邦汀低声问道。

黛西不由自主地搂紧父亲，她猜想这些奇怪、冷漠、瞪着人的脸孔可能是那些犯了谋杀罪而被处死的人在临终前被制作的面具。

"都是被绞死的！"黑色博物馆里的守卫说，"是死后造的模。"

邦汀紧张地笑了：

"看来不像死了，看起来好像在听我们说话。"

这个人继续开玩笑道：

"这都是杰克·凯奇的错，是他出的主意，把'领带'都绑在这些他一辈子只能服务一次的绅士的左耳下面,这就是为什么每个人的头都偏向一侧,看到了吗?"

黛西和父亲凑近了一点,看着那人指着的头像颈部左侧。那些地方都印着一圈深深的凹痕,可以想象这些人是被杰克·凯奇勒得多紧的情况下升天的。

"他们看起来有些愣愣的,而不是害怕或者悲伤。"邦汀狐疑地说。这些看来面无表情的面孔让他感到非常惊奇而震撼。但年轻的钱德勒用理所当然的语气说:

"这种时候表情当然会呆滞,原来的人生规划都化为乌有,而且他们知道自己只剩一秒钟的命了。"

"嗯,我觉得也是。"邦汀缓缓地说。

黛西的脸有点发白,这种恐怖、令人屏息的气氛让她很不舒服。她开始了解到玻璃箱里的东西都是与罪案有关的物证,而且几乎每一样都把某人送上了绞刑架。

"前几天来过一个胆小的人,"守卫突然说,"就是那种自称为婆罗门的人。你要是听了肯定惊讶这个异教徒是怎么说的!他说……他是怎么说的?"他转向钱德勒。

"他说这里的每样东西,除了石膏像以外,说来奇怪,他竟然把石膏像排除在外,所有东西都渗透出邪恶,这正是他用的词。渗出就是可以把东西挤出来的意思。他说他在这种地方感到非常不舒服,这话也没错,因为他淡黄皮肤的脸上出现了惨绿的颜色,我们把他带到通道另一端,他才好了些!"

"现在有谁会这么想?"邦汀说,"我看那个人大概做了什么亏心事。您说呢?"

"好了,我不必一直待在这儿,"乔那位善良的朋友说,"您带您的朋友们四处看看,钱德勒,您跟我一样都很熟悉这里,不是吗?"

他对乔的客人笑了笑,仿佛在对他们说再见,但他似乎还舍不得走开。

他对邦汀说:

"看这边,这小盒子里装着查尔斯·皮斯的工具。我想您听说过这个人吧。"

"我觉得听过。"邦汀急忙地说。

"很多来这里来的人都认为这盒子最有意思,皮斯真是个了不起的人物,如果他走正道,肯定是个大发明家。这就是他发明的梯子,您看,这梯子是可以折叠的,收起来还不占空间,即使带着走上伦敦街头,别人也不会注意您,就像个老实的工人。他被捕时就供称自己习惯大摇大摆地夹着梯子出门。"

"胆子真大!"邦汀吃惊地说。

"是啊!这梯子一展开,就能够到二楼。噢,这人真是聪明!只要打开第一段,其他段就会自动打开,皮斯只要站在地面,就能轻松地让梯子够到他想到去的窗口。得手之后,他又如法炮制,然后逃走。他这作案手法真是巧妙!您有没有听过皮斯丢了根指头的故事?他猜警察会根据这条线索专门找少了根手指的人,您猜他怎么做?"

"戴上根假手指?"邦汀说。

"不是,也确实是!他决心不再徒手作案;这是他做的木头假手,套在他的手上刚刚好。我们觉得这是这整座博物馆中最富有天才的发明。"

黛西这时松开了父亲的胳膊,在钱德勒令人愉快的陪伴下,她到了房间的另一端,弯下腰来看着另一个玻璃箱:

"这些小瓶子是干什么的?"她好奇地问。

里头有五个小药瓶,装着或多或少的浑浊液体。

"这里面装得都是毒药,黛西小姐,里面的砒霜剂量只要在白兰地里加一小滴,就足以让您、我,嗯,还有您的父亲上西天了。"

黛西微笑着说:

"化学家不应该卖这些东西。"

毒药对她而言太遥远了,看到这些小瓶子,她只感到很刺激。

"他们当然不会卖,这些毒药都是骗出来的,比如女人说要买化妆品美容,但其实她真正想要的是干掉丈夫的毒药,她一定厌烦丈夫了,我猜。"

"说不定她丈夫是个可怕的人,活该被干掉!"黛西道。

这个滑稽的想法让两个人同时笑出声来。

"您听说过皮尔丝太太做的事吗?"钱德勒突然一本正经地问。

"听过,"黛西微微颤抖了一下,"那个邪恶的女人杀死了一个可爱的小婴儿和他母亲,后来在杜莎夫人蜡像馆被捕。但艾伦不让我去那间恐怖屋参观，上次在伦敦的时候，她不让父亲带我去。她真是残酷，我是这么认为的。不过，既然来过这里，我一点也不想去那里了。"

钱德勒缓缓地说：

"我们有个盒子装满了皮尔丝太太的遗物。婴儿车和尸体是在杜莎夫人蜡像馆找到的；至少他们是这么说，我不确定。这里有件同样奇特却没那么恐怖的东西。看到那件男士夹克了吗？"

"看到了。"黛西含糊不清地应道，她又开始感觉害怕起来，她觉得这个故事肯定又是个恐怖故事。

"有个飞贼用枪杀了人，不小心把夹克留在了现场。我们的人发现到其中一颗纽扣裂成了两半。嗯，这似乎不是个重要线索，对吧？黛西小姐。但或许你不相信，后来我们找到了另外一半的纽扣，然后把这个人绞死了；更奇怪的是，这三颗纽扣都不一样。"

黛西好奇地盯着这颗裂开的小纽扣，没想到它竟然让一个人被绞死。她指着另一件看起来脏兮兮的东西，问："那又是什么？"

钱德勒不情愿地说：

"噢，这是件极可怕的东西，这件衬衫曾经和一个女人一同被埋在地下，我的意思是，她的丈夫将她分尸后还要焚烧她，是这件衬衫将他送上绞刑架的。"

"这间博物馆真是个非常恐怖的地方。"黛西不高兴地转身走开。

她非常想离开这个灯火通明、看似让人兴奋却满是不祥的房间。她的父亲这时候正聚精会神地看着摆满了各种可怕器械的玻璃柜。

"有些做得真是精致!"他的向导马上说,邦汀也非常赞同。

"爸爸,走吧!"黛西赶紧说,"我已经看够了,待在这里只会让我害怕,我不想晚上做噩梦。想到这个世界上还有这么多邪恶的人,我就害怕,我想我们可能随时都会碰到杀人犯却意识不到,对吧!"

"你不会的,黛西小姐,"钱德勒微笑着说,"我认为你连一个普通的骗子都碰不到,更不用说杀人犯了,在世上这种人还不到百万分之一。为什么这么说,因为就算是我都没有遇到过一桩真正的谋杀案。"

但邦汀不紧不慢,正尽情地享受在这里的每一刻。他这会儿又在研究挂在黑色博物馆墙上的各种照片,尤其是那些与不久前发生在苏格兰、至今还是著名谜案有关的照片,在这起案件中,被害男子的仆人是个重要角色,他让案情变得更加扑朔迷离,而不是更加清晰。

"我觉得有很多凶手逃过制裁了吧。"邦汀揶揄地说。

乔·钱德勒的朋友点点头:

"我觉得是,在英格兰没有所谓的正义,每次谋杀者都有很大的机会逃之夭夭,最后被送上绞刑架的人还不到十分之一。"

"你觉得现在正在调查的那桩案子怎么样?我指的是复仇者谋杀案。"邦汀压低声音问,黛西和钱德勒这时已经走到了门口。

"我不相信他会被逮住,"钱德勒的朋友自信地说,"要逮住一个疯子比抓一个普通罪犯更麻烦,而且依我看,复仇者是个疯子,是那种狡猾又安静的类型。您听说过那封信了吗?"他的声音更小了。

"没有,你说的是什么信?"邦汀睁大眼睛盯着他。

"这封信不久就会送到博物馆来,在发生这桩双重命案之前,有一封信上面签着'复仇者',这和他以往留在犯罪现场那些纸张上的字体一样。但我要提醒一下,这信不一定真是复仇者送来的,但也很有可能是,我们的上司认为这封信非常重要。"

"信是从哪里寄的?"邦汀问,"这可能也是个重要线索,你知道的!"

"噢,不!罪犯们一般会去很远的地方寄东西,这是可以理解的,但这封信是从艾格威街邮局寄出的。"

"什么?就在我们附近?老天!太可怕了!"

"我们任何人都可能碰到他,我不认为这个复仇者在外表上会有什么特别的,这点我们都知道。"

邦汀犹豫地问道:

"那你觉得那个说见过他的女人的确看到他了?"

"我们的描述正是根据她的叙述得来的,"对方谨慎地答道,"但准不准就不知道了,侦办这类案子就好像是在摸索,在黑暗中不停地摸索,最后能否找到他全凭运气。当然,这件案子让我们忙得焦头烂额,这点毋庸置疑。"

"当然!"邦汀连忙答道,"我跟你保证,上个月我什么都没想，脑子里全是这件案子。"

黛西不见了，她的父亲走到外面走道上，看见她正低头看着乔·钱德勒说话。

钱德勒正在谈他真正的家，也就是他母亲住的地方，那是位于里士满、非常靠近公园的一幢温馨小屋。他正在邀请黛西找个下午和他一起回家，他说他的母亲会招待他们喝茶，在那里的时光将会多美好。

"我觉得艾伦没有理由不让我去，"黛西语气叛逆地说，"不过，她是个思想保守又爱吹毛求疵的典型老女仆。你看，钱德勒先生，我和他们住一块的时候，父亲不会答应我艾伦不批准的事。但她挺喜欢你，如果你开口，她可能会答应。"

黛西看着他，钱德勒一本正经地点了点头。

"别担心，"他自信满满地说，"我会说服邦汀太太的。但是，黛西小姐，"他的脸涨得通红，"我想问你一个问题，我无意冒犯。"

"什么问题？"黛西有点喘不过气，"我爸爸就要过来了，钱德勒先生，快说吧！什么问题？"

"好吧！我想知道，你以前有没有和年轻小伙子出去过？"

黛西犹豫了一下，脸颊出现一个非常漂亮的酒窝。

"没有，"她伤心地答道，"钱德勒先生，没有过。"她突然坦诚地补充道："你知道，我从来没机会。"

乔·钱德勒露出了开心的微笑。

第十章　邦汀太太独自在家

邦汀太太认为现在机会难得。现在她的丈夫、黛西与钱德勒都出去了，她发现自己在家中独处了一个小时。

斯鲁思先生并不经常在大白天出门，但今天下午，他喝完午茶，在暮色将至的时候觉得想要一套新衣服，而这位女房东也鼓励他出门买一套。

他一出门，邦汀太太便立刻上楼，抓紧时间打扫了客厅楼层的两个房间。但她心里很清楚自己并不是真的要打扫，而是大概搜查一下斯鲁思先生的起居室，其实她也不知道要找什么。

多年的女仆生涯让她向来鄙视窥探主人隐私的行为，比如看人家的信，或是偷窥柜子里的东西，希望能发现主人家丑陋的行径。

但现在，由于斯鲁思先生的关系，她正准备，噢，不，应该说是她渴望做自己以前鄙视的事。

先从卧室开始！邦汀太太开始有条不紊地搜查起来。斯鲁思先生是个爱整洁的人，为数不多的几件东西和内衣都像苹果派一样摆放得井然有序。让斯鲁思先生满意的是，邦汀太太很早就会按他的要求洗好几件衣服,再把她自己的和邦汀的洗好。走运的是,斯鲁思先生穿的是软质衬衫。

过去,邦汀太太总会每周请一个妇人来帮忙做这个累人的工作,但现在她已经愈来愈能干了,除了将邦汀的衬衫送洗外,其他都是她亲自处理。

现在她将注意力从衣柜转移到梳妆台。

斯鲁思先生出门时并没带钱,而是把钱放在了镜子下的一个抽屉里。邦汀太太拉开了小抽屉,她没碰里面的东西,只看了看这堆钱。今天房客问过她,说买衣服大约要多少钱,之后就只带了买衣服的钱出了门,一点也不隐瞒自己出去干什么,这让邦汀太太感到欣慰。

她现在掀开了马桶盖,甚至还翻看了地毯,但是什么都没发现,连张纸片都没有。就在她几乎要放弃搜查时,她走到卧室与起居室中间,让连接两个房间的门大开,她心里满是猜测,好奇斯鲁思先生过去有着什么样的生活。

斯鲁思先生确实一直很古怪,但也怪得合理,他的道德理念和他同阶级的人一样。不过他对喝酒的态度特别怪,几乎可以说是不正常的。不过,也并不是只有他这样,艾伦以前和一个女人住在一起,那个人也是非常排斥喝酒和醉酒。她看了看这间整洁的起居室,心里略微有点不满。只有一个地方可以藏东西,就是这个小而坚固的桃花心木橱柜。她突然有了一个不曾有过的念头。

她静下来听了一会儿,怕斯鲁思先生突然提前回家,然后她才走向放着橱柜的角落，使尽了全身力气摇这件笨重的家具。橱柜向前倾斜了一点。

她这时听见有东西滚动，是从第二层的架子上传来的，在斯鲁思先生搬来这里之前并没有这东西。她费力地将橱柜慢慢地前后摇动，一次、两次、三次——结果令她满意，却也让她感到莫名其妙地烦躁，因为现在她已经确定过去意外失踪的那个袋子正好好地被主人锁在这个橱柜里。

邦汀太太突然有了一个不安的念头。希望斯鲁思先生不会注意柜子里的东西挪了位置。这位女房东过了一会儿觉得自己移动橱柜肯定瞒不过去，因为柜子底部流出了一些深色的液体。

邦汀太太弯腰摸了摸，手指上沾了红色，是鲜红的颜色。

她的脸逐渐发白，但很快地就恢复了。事实上，她现在脸色泛红，浑身发热。

不过是瓶红墨水被打翻了，仅此而已！她刚才怎么会把它想成是其他东西？

她在心中责备自己，因为她知道房客用过红色墨水，却还是疑神疑鬼，太傻了！在他使用的《克璐登索引》里到处都是斯鲁思先生的笔记，是用带有他特色的直写字体写的。可以说满到没有留下空隙。

斯鲁思先生把红墨水放在这柜子里，这位可怜的傻绅士。都怪邦汀太太无休无止的好奇心，想知道就算了解了也不会让她过得更好更开心的事情，才搞出这桩小意外。

她用抹布擦掉在绿色地毯上的几滴墨汁，责怪自己闯了祸，在懊恼中她回到后面的卧室里。

斯鲁思先生没有笔记纸，这真奇怪，她以为他会将纸张列为优先要买的东西，而且纸非常便宜，尤其是那种看起来脏兮兮的灰色纸。邦汀太太从前有位雇主只用两种纸，白色的纸是在给朋友写信时用的，灰色的纸是给"普通人"写信用的。当时还没有嫁人的她相当厌恶这种行为，至今依然如此。奇怪的是，她怎么会在这个时候想起这件事来，更奇怪的是因为那位雇主其实不能算是位真正的淑女，而斯鲁思先生，不管他有多怪异，他在各方面都表明他是位货真价实的绅士！邦汀太太确信如果他要是有笔记纸，那肯定用的是白色的，说不定纸上还有奶油色的条纹，而不是那种廉价的灰色纸。

她拉开一个旧式衣柜的抽屉，翻开斯鲁思先生的几件内衣，但什么也没有，里面什么都没藏。

她突然觉得不对劲，为什么把钱放在任何人都拿得到的地方，却把看起来不值钱的人造皮袋锁起来，更别提那瓶红墨水了。

邦汀太太又挨个打开了镜子下面的小抽屉。每一个抽屉都是老式精致桃花心木的造型。斯鲁思先生将钱放在了中间的抽屉里。

这镜子只值七十六便士，但在拍卖会后，一名交易商向她开价十五先令想要买，接着又出到一基尼，但她都没卖。不久前，她在贝克街的一家古董店看到一面相同类型的镜子，标签上竟然写着："齐本德尔，古董，二点一五英镑。"

斯鲁思先生的钱就放在这里，她知道这些钱将来逐渐都会付给邦汀和自己，会经由他们的勤劳赚过来。但要不是与这些钱的主人有这种租赁关系，他们怎么样都赚不到这些闪亮的金镑。

最后，她下楼去等斯鲁思先生回来。

一听到钥匙插入门孔的声音，她立刻现身走廊。

"先生，很抱歉今天出了点意外，"她有点喘气，"我趁您出门的空当上楼打扫房间，在我想清理橱柜后面时，柜子倒了，我担心里面的红墨水瓶恐怕被我打破了，因为有几滴墨水溅了出来，我希望没弄坏东西。因为柜子的门是锁着的，我只能尽量把溅出来的擦掉。"

斯鲁思先生用几近可怕的眼神凝视着她。邦汀太太在原地不动，在斯鲁思先生回来前，她感到很惶恐，几乎想跑到外面的人行道上找个人陪，但她现在已经没有那么惶恐了。

"当然，我不知道，先生您在里面放了墨水。"

她说的好像是在法庭上为自己辩护，房客紧锁的眉头松了。

"我知道您用红墨水，因为我看过您在那本书上做标记——就是那本和《圣经》一块儿读的书。先生，能让我出去帮您再买瓶红墨水吗？"

"不了，不了，谢谢您。我上去看看有哪些东西被弄坏了，有事我会摇铃的。"

他上了楼，过了五分钟，会客厅的铃声真的响了。

邦汀太太马上上楼，她在门口看见橱柜的门大开，里面只有那瓶翻倒的红墨水瓶。墨水瓶倒在下层架子的一大摊墨水中。

| 97

"恐怕墨水已经弄脏了木头,邦汀太太,也许我不应该将墨水放在这里面的。"

"噢,先生,没关系!只是滴了一两滴在地毯上,而且看不出来,因为是在黑暗的角落里。要不要我把瓶子拿走?我应该拿走的。"

斯鲁思犹豫了一下说:"不用了。"

停了一会,他又说:"我想不必了,我的墨水很少,瓶子里剩下的墨水都够了,如果再往里头加点水或者一点茶就很够用了,这墨水不过是我用来在《克璐登索引》上特别有趣的部分做记号罢了。"

******

不只是邦汀,连黛西也觉得今晚的艾伦看起来远比往常愉快。她听着他们讲述参观黑色博物馆的有趣经过,对两个人都没有责骂,即使是提到那些以绞刑犯为模型制成的外形愚蠢、但又可怕的死亡面具时,她也没有生气。

但过了几分钟,邦汀突然问了她一个问题,邦汀太太却随口回答,显然她并没有听进邦汀最后说的内容。

"您在发什么呆啊?"邦汀打趣地问道。

但邦汀太太只是摇摇头。

黛西出了房间,过了五分钟,她穿着一件蓝白相间的丝质长袍走了进来。

"老天！"邦汀道，"黛西，你看起来真是漂亮，我从没见你穿过这件衣服。"

"她穿上这件衣服显得少见的滑稽，"邦汀太太讽刺地说，"我猜你大概在期待某人来吧！我觉得你们两个今天都看够钱德勒了。真怀疑这年轻小伙子什么时候才上班，他似乎再忙也会到这个地方浪费一两个小时。"

艾伦整晚只说了这段不愉快的话。连黛西也注意到继母今晚神情似乎有点恍惚，和平时不一样。

后来艾伦去做琐碎的家务事时，她整个人比以前更加沉默。她表面上沉默不语，心里却暗潮涌动，内心满是惶恐、痛苦和疑虑，这些感觉在折磨她的灵魂和肉体，让她没法继续做家务。

吃完晚饭后，邦汀出门买了份晚报，但他一进门就苦笑着大声说自己过去一两周看了太多报上的蝇头小字，把眼睛都看坏了。

黛西赶紧说：

"爸爸，我来念给你听。"

邦汀把报纸递给黛西。

黛西刚要念，突然敲门的声音响起，在整个房子里回荡。

第十一章　复仇者传闻

原来是乔。

现在邦汀改口称他"乔",不再叫他"钱德勒"。

邦汀太太先将大门开了一点缝,她不想让任何陌生人进门。

在她敏锐、备受折磨的意识中,她的房子已成为她必须捍卫的一座城堡,即使打进来的是千军万马,她也不会退却。她始终在等待第一个进来的探子,她用来反击的武器只有女人的睿智与狡黠。

但当她看见前面这位微笑的年轻人时,脸上的肌肉放松了,原来她一转身背对邦汀和继女就露出来的紧张、焦虑、几乎痛苦挣扎的表情也随之消失。

"乔来啦。"邦汀太太留了门。黛西正应父亲的要求准备读报。邦汀太太悄声道:

"进来吧。今晚外面可冷啦!"

邦汀瞥了一眼乔的表情,知道今天没有新闻。

乔·钱德勒进来走过她身旁,进入小门厅。冷?他倒不觉得,为了尽早赶到这里,他刚才走得很快。

距上一件可怕的命案发生后，已经过去九天了。黛西抵达伦敦的日子，那天凌晨发生了双尸命案。尽管伦敦警察局的数千名警察都处于警戒状态，隶属警局的警探也不例外。但大家已经开始觉得没有什么值得警惕的了，尽管恐惧还在，也已经因为过于熟悉案情，开始变得麻木。

但公众的情况则完全不一样。每天总有一些事发生，为这种可怕的连环谜案增添了恐怖和刺激的色彩，在公众的印象中，这个案件依然历历在目。

即使是比较冷静审慎的新闻界也在义愤填膺地攻击警察局长。两天前，维多利亚公园还举办了一场攻击内政部的激烈演讲。

但现在乔·钱德勒想把这些全忘掉。马里波恩街的这幢小房子已成为他梦中的神奇乐土。他一有空，心思就飞到这间房子，在这里他可以暂时撇开那件逐渐变得累人烦人的工作！

他一位朋友在双尸案发生后的二十四小时内就说过，要找到凶手恐怕比在稻草堆里找根针还要难。乔私下里也认同这话。

如果当时就这么认为，现在的情况就更加如此，过了九天，一无所获的九天。

他很快地脱下大外套、围巾和帽子，然后把手指放在唇上，向邦汀太太微笑，示意她梢等一下。

从他在厅里站的地方，可以看见这对父女组成的温馨画面，钱德勒心里一阵暖洋洋的。

黛西穿着蓝白相间的丝质洋装，正坐在火炉左边的凳子上，这是她经常和继母说话时坐的位置,而邦汀则靠在舒适的扶手椅上,手放在耳边在倾听。邦汀太太以前没见过邦汀这么坐,她心头不禁一阵难受,邦汀已经开始老了。

黛西陪伴她的姨妈的工作之一就是大声读报,而且她对自己的表现相当自豪。

就在乔将手指放在唇上的时候,黛西问道:

"我是不是要念这个部分,父亲?"

"是的,亲爱的。"邦汀立刻回答。

他聚精会神地听着,看见乔站在门口,他只是点了点头。这位年轻客人来得频繁,几乎已经成了他们家的一员。

黛西读着:

"复仇者:一个……"停顿了一下,下一个词令她相当迷惑。但她还是继续念了出来:"一个推、论。"

邦汀太太悄声地对客人说:

"进去呀,我们干吗站在这里受冻?真怪。"

"我不想打断黛西小姐。"钱德勒用有些嘶哑的声音低声道。

"进房间可以听得更清楚,别以为黛西会因为你就停下,我们的黛西可是一点都不害羞的!"

这年轻人很讨厌她这种尖酸刻薄的语气,他轻轻地自言自语道:

"这就是继母和亲妈不同的地方!"

但他还是照着邦汀太太的话做了,而且很高兴自己能照做,因为黛西刚好抬头看他,美丽的脸上闪过一抹红晕。

"乔求你不要停下来,继续读吧!"邦汀太太马上命令道,"现在,乔,你可以过去坐到黛西身边,这样你就不会漏掉任何东西了。"

她语带嘲讽,连钱德勒都注意到了,但他也爽快地照做,穿过了房间,坐在黛西背后的椅子上。从这个地方,他可以欣赏她那一头从细长的颈背往上挽起的迷人秀发。

"复仇者:一个推……论。"

黛西清了清喉咙,又开始念:

"亲爱的先生:我有个想法要提出来,我觉得可能内容有点多。我认为'复仇者'为自己取这个名字显然是想要成名。他很可能将路易斯·史蒂文生的小说《化身博士》中那个具有善恶双重人格的主角的特点放到了自己的人格中。

"依我看,罪犯应该是个安静、外表体面的绅士,住在伦敦西区。过去的生活却很悲惨。他可能有个酗酒的妻子,他的妻子从未出现,可能由他寡居的母亲或未嫁的姐妹照顾。人们可能注意到他最近变得忧郁、喜欢沉思,但依然和往常一样生活,每天都沉溺在一些无伤大雅的嗜好中。一到浓雾笼罩、万籁俱寂的夜晚,大约一两点左右,他就会悄悄地溜出房子,迅速直达复仇者谋杀的地区。在选中受害人之后,他便以犹大般虚伪的君子风度靠近受害人,犯下可怕罪行后又悄悄潜回屋内。在洗完澡,吃了早点后,他会显得很开心,又成为人们眼中的好儿子、善良的好兄弟,或是亲友们尊敬甚至喜欢的人。与此同时,警方正在各个凶案现场搜查,想找出可认定为典型精神异常罪犯的证据。

"我给出这个推论，先生，是有其存在价值的，但我得说对于警方将搜寻的范围只限定在伦敦的案发现场地区，我非常意外。我相当确信根据各种公开的资料，大家别忘了，新闻界从来没有得到过充分的资料——应该在伦敦西区搜查复仇者，而不是在伦敦东区。先生，您诚挚的……"

黛西迟疑了一下，然后很吃力地念了他的署名：

"'加……伯黎……尤'……"

"多么可笑的名字！"邦汀疑惑地说。

乔插嘴说：

"这是一个法国侦探小说家的名字，他有不少作品很不错。"

"那么这位侦探小说家是来这研究我们的复仇者谋杀案的啰？"邦汀问。

"噢，不，写这封蠢信的人签这个名只是为了好玩。"乔自信地说。

"确实是封愚蠢的信，"邦汀太太插嘴道，"没想到这样的大报会登这些垃圾。"

"真是不可思议！复仇者竟然可能是位绅士！"黛西讶异地说道。

"这些话有点说得通，"邦汀若有所思地说，"总之，这个畜生肯定躲在某处，就在这一刻，他肯定藏在哪儿。"

"当然，他肯定是在某处。"邦汀太太嘲讽道。

这时她听见楼上斯鲁思先生走动的声音。

"我该为房客弄晚餐了。"

她又匆忙说:"我不认为这个人住在西区。他们有人说这人是个水手,这还比较有可能。但我已经开始烦这个话题了,我们除了这个都不聊别的了,总是复仇者这、复仇者那的。"

"我觉得乔今晚要对我们说什么新消息!"邦汀欣欣然地问,"乔,有什么新鲜事吗?"

"我说,爸爸,您听听这个,"黛西打断他的话,"'警方正在考虑使用警犬。'"

"警犬?"邦汀太太重复着,声音中带着恐惧,"为什么要用警犬?这个主意在我看来实在是可怕!"

邦汀看着她,微微吃了一惊。

"为什么不?这个主意不错呀!如果在伦敦能用警犬很好啊。但伦敦有这么多肉铺,更不用说还有屠宰场,这行得通吗?"

黛西继续念着,听得她的继母心惊胆战,而黛西年轻的声音里却满是雀跃的兴奋。

"听听下面这段,"她说:

"'有个人在布莱克本附近一片单独的森林里犯下一桩谋杀案,警方就用过警犬协助追踪,多亏警犬的特殊本能,这个案子最终得到破获,凶手已被绞死。'"

"看,谁会想到这种事情?"邦汀欣赏地大声说,"乔,报纸上偶尔也会有能用的线索。"

但年轻的钱德勒摇摇头。

"警犬没用,一点儿用都没有!各种建议这几天非常多,苏格兰场要是都采纳。那工作就永远都做不完了。"他叹了口气,开始感到非常疲劳。如果能一直待在这舒适的房里听黛西·邦汀小姐读报，而不用在雾气弥漫的寒夜外出，那该多好！

乔·钱德勒很快就对新工作感到厌倦。工作上有太多的不愉快，甚至在他住的地方，在他每天都会去吃饭的小饭馆，四周的人都会拿警察的无能来嘲笑他。而且有一位他平时相当尊崇、口才很好的朋友，最近参加了在维多利亚公园的示威活动，他在公园言辞激烈的演说不仅攻击了伦敦警察局长，还抨击了内政部。

不过黛西小姐似乎念报纸念出了成就感，丝毫没有停下来的打算。

"又有另一种说法，爸爸，"她大声道，"还有一封信。赦免共犯。亲爱的先生，过去这几天，我一些较聪明的熟人认为，不管这个复仇者是谁，一定有人认识他。犯下这种罪行的人不可能消失，不管他如何漂泊无常……'"

黛西顿了一下。

"我在想漂泊无常是什么意思？"她看了看四周的听众，又接着念，"不管他的生活习惯有多漂泊无常，他肯定有固定的住所，总会有人认识他，知道这个秘密的人之所以不举报，可能是在期待赏金，也可能是怕因为知情不报而受到惩罚。所以我建议内政部宽待检举之人，只有这样才可以将这个恶徒绳之以法。除非抓个现行，否则按照英国法律重视犯罪证据的制度，要想查出罪犯恐怕难过登天。"

乔向前凑近了点："这封信的内容值得一听。"

钱德勒几乎要碰到黛西了，尤其当她转过那张漂亮的脸庞以便能将他的话听清楚时。乔不由自主地露出了微笑。

"是吗?钱德勒先生。"她质疑地问道。

"嗯,你还记得那桩列车谋杀案吗?罪犯在犯案后,跑到母亲认识的一个女人那儿躲了一阵子,但是那女人最后还是检举了他,得到了一大笔赏金!"

邦汀用教训人的口吻缓缓说道:"我不会为了奖金就出卖别人。"

"噢,您会的,邦汀先生,"钱德勒肯定地说,"这不过是人之常情,也是好市民的义务,您只不过是尽了义务,然后得了些东西罢了。"

"为了奖金而出卖人和告密没有区别,"邦汀依然固执地说,"没有人愿意被说成是告密者。但你不同。"他赶忙补充:"你的工作就是逮捕犯罪的人,如果有人会跑到你那儿躲起来,那就是羊入狮口,自投罗网啦!"

说着邦汀笑了起来。

黛西俏皮地插话道:"如果是我犯了罪,可能就会找钱德勒先生帮我呢!"

乔也笑了,他大声说:"噢,你不用担心我会出卖你的,黛西小姐。"

这时候,邦汀太太突然表现出不耐烦,她气愤而痛苦地大喊了一声,然后又低头坐了下来,大家都被吓了一跳。

"艾伦,怎么了?不舒服吗?"邦汀赶忙问。

"身体半边突然觉得一阵刺痛,"这可怜的女人语调沉重地答道,"现在好了,别担心我!"

"但我不相信,不,我不相信有人真的知道复仇者是谁,"钱德勒很快继续话题,"任何人都有理由检举他,就算只为自保也会这么做,有谁会庇护这种畜生?跟这种人共处一室太危险了!"

"那你觉得他可能无法为自己邪恶的行径负责?"邦汀太太抬头看钱德勒,眼神中满是焦虑。

钱德勒从容地说:"很抱歉,他要为自己的行径负责,足够将他处以绞刑了。毕竟他给我们带来了多少麻烦。"

"绞刑还算便宜了这家伙!"邦汀说。

他的妻子尖锐地说:"如果他无法为自己的行为负责,就不应该被吊死。我从来没听过这么残忍的话,从来没有!如果他疯了,应该把他关在疯人院里!"

"听听她在说什么!"邦汀打趣地看着艾伦,"她的话用矛盾来形容都不够。这几天来,我注意到她一直在帮这畜生说话,都因为这个人是个天生禁酒的人。"

邦汀太太从椅子上跳起来。

"你这什么话,"她生气地说,"话说回来,如果这些谋杀案能把酒馆里的女人清掉一些也是件好事!英格兰酗酒的风气已变成国耻——我从来都这么认为。黛西,孩子,现在去做点正事。把报纸放下,我们已经听够了,我去厨房的时候,你可以铺桌布。"

"是呀!你肯定不会忘记房客的晚餐,"邦汀大声说着,"斯鲁思先生并不是每次都会摇铃……"他跟钱德勒说:"对了,他经常这时候外出。"

"不是经常,他只在要买东西的时候偶尔外出,"邦汀太太立刻接口道,"但我不会忘记弄晚餐,他从来都是在八点后吃饭。"

"艾伦,让我送晚餐上去给斯鲁思先生。"黛西赶忙说着,她已经按邦汀太太的吩咐正铺着桌布。

"当然不用!我说过斯鲁思先生只要我去送,你在下面整理就好了,这才是我需要你帮我的地方。"

钱德勒也站了起来,他不希望黛西在忙的时候,自己却无所事事。他看着邦汀太太,问道:"忘了问,您的房客一切都好吧?"

"从来没见过这么安静、行为端正的绅士,遇到斯鲁思先生真是我们走运哪。"邦汀说。

邦汀的妻子出了房间,黛西在她走后笑了。

"钱德勒先生,说来你也不信,我到现在还没见过这位好房客呢。艾伦不让别人靠近他,如果我是爸爸,恐怕要嫉妒了!"

两位男士都被黛西的话逗得开怀大笑。

第十二章　玛格丽特姨妈来信

"我要说的是，我觉得黛西应该去。人不能一直只做自己想做的事，在这个世界上，没法这么任性。"

虽然丈夫和继女都在这房间里，但邦汀太太好像并不是在和某个人说话，她站在桌子旁凝视前方，说话的时候避开邦汀或黛西的目光。语气里透露出一个不容商量而且令人难过的最终决定，他们都熟悉邦汀太太的这种语气，而且都知道自己肯定会向这个决定屈服。

屋内沉默了一会儿。然后黛西激动地打破了沉默："我不明白如果我不想去，为什么要逼我？艾伦，即便在你身体好的时候，我不也帮了你不少忙吗？"

"我身体非常好，好得不得了。"

邦汀太太立刻回应道，转过苍白的脸，皱着眉头，怒气冲冲地瞪着黛西。

"我并不是经常有机会跟你和爸爸在一起。"

黛西语气哽咽，邦汀用祈求的目光看着妻子。

最近黛西收到了一封邀请函，是她死去母亲的妹妹玛格丽特姨妈寄来的，她在贝格拉夫广场那里的一幢豪宅当管家，正好主人一家外出过圣诞，身兼黛西教母的这位姨妈希望外甥女能去陪她两三天。

但黛西早就在贝格拉夫广场100号大而幽暗的地下室里饱尝人生百味了。玛格丽特姨妈是个遵守古老传统的女仆，现代的雇主们最喜爱这种类型。雇主一家人外出度假就是她享受清洗六十七件珍贵瓷器的时候，她把这看成一大特权，这些瓷器都是放在客厅橱柜里的珍品；她还轮流在不同的房间睡觉，为的是要保持每个房间通风良好。她想让年轻的黛西在这两件事上协助她，但黛西厌恶这种安排。

可必须马上决定。信大约是在一小时前收到的，里面还附上了一封电报回函。玛格丽特姨妈可不是个好应付的人。

从早餐到现在，三个人一直都在谈论这件事。邦汀太太一开始就说黛西应该去，这是毫无疑问且不容讨论的。但他们还是讨论了。邦汀一度反对妻子的决定，却只让妻子更加坚持。

邦汀说："孩子说得对，你的身体不太好，过去几天你已经两次不舒服了，这点你没法否认，艾伦。干脆我搭车去见玛格丽特，告诉她这里的状况，她会理解的，好吗！"

邦汀太太大声说道："我不准你这么做！"她和黛西刚才一样激动，"难道我没有生病的权利吗？难道我没有权利感到不舒服？嗯，难道我不能像其他人一样恢复吗？"

黛西转身合掌，哭着说："噢！艾伦，求您答应饶了我吧！我一点也不想去那个像地牢一样可怕的地方。"

| 111

邦汀太太不高兴地说:"随你便!我已经被你们两个烦死了。黛西,总有一天你会像我一样意识到金钱的重要性。如果因为你不肯花几天时间陪姨妈过圣诞节,而得不到她的遗产时,你就知道自己有多傻,到那时一切都晚了。"

可怜的黛西眼看着已经到手的胜利就这么被抢走了。

"艾伦是对的,"邦汀语气沉重地说,"金钱的确非常重要。虽然我不认同艾伦的话,但金钱确实重要得无可比拟,冒犯玛格丽特姨妈是件很傻的事,我的女儿,况且不过是去两天的时间而已,时间不是很长。"

黛西没听完父亲最后的话就已冲出房间,跑到厨房,因为失望而偷偷哭了起来。她像个孩子一样流泪是因为她已开始成为一个女人,具有女人想成家的本能。玛格丽特姨妈不喜欢任何陌生的年轻男子到访,尤其讨厌警察。

"没想到她会那么在意。"邦汀心里已经觉得不安了。

"她突然这么喜欢我们的原因很简单。"邦汀太太讽刺地说,邦汀疑惑地看着她。她继续用逗弄的口吻补充道:"就像鼻子长在脸上这么容易理解。"

"你什么意思?"他问,"可能是我反应慢吧,但是艾伦,我真的不懂你的意思。"

"你记得去年夏天黛西还没来的时候,你就跟我说乔对她特别好?当时我以为是你想太多,现在我觉得你说得没错。"

邦汀慢慢地点头。没错!乔最近经常来,还特地带他们去参观那间可怕的苏格兰场博物馆。邦汀太关注复仇者谋杀案了,以至于他完全没有考虑其他事。

"你觉得黛西喜欢他？"邦汀说话的语气中带着少有的兴奋与温柔。

他的妻子看着他，勉强微笑了下，这个微笑让她苍白的脸变得开朗了些。

"我又不是先知，"她刻意答道，"但有一点我不介意说，在他们俩老死之前，黛西就会厌倦乔的。我把话说到这里！"

邦汀若有所思地说："她也许会更糟，乔是个靠谱的人，而且他现在就有三十二先令的周薪。不过，我在想姨妈对此怎么看？我不认为她会在自己走之前舍得让黛西离开。"

"我不会让她干涉的，"邦汀太太大声道，"给我几百万黄金也不行！"

邦汀沉默而疑惑地看着她，艾伦这会儿说话的语气又和刚才不同了，完全不像刚才一定要送黛西去贝尔格拉夫广场的样子。突然，她说道："如果吃晚饭的时候她还是难受，你就趁我出去拿东西的时候跟她说'分别会让感情更浓'——就这么说，不要说其他！她会听你的，我想她会因此好受一些。"

"事实上，没有理由让乔·钱德勒不去那里看她。"邦汀犹豫地说。

"当然有，"邦汀太太露出了狡黠的微笑，"而且理由充分。如果黛西让姨妈知道她的任何秘密，那她就太笨了。虽然我只见过玛格丽特一次，但我知道她是哪种人。等到她姨妈不需要黛西了，我们就将黛西留在自己身边；如果她姨妈现在知道黛西身边

| 113

有了个年轻小伙子,她会非常不高兴的。"

艾伦看了一眼时钟,这座漂亮的八日发条小钟是她最后一位女雇主的朋友送给她的结婚礼物,在他们过苦日子的那段时间,这个钟曾经神秘地失踪了一阵子,但就在斯鲁思先生抵达后三四天,它又神秘地出现了。

"我必须出去回这封电报了,"她轻快地说,不知何故,她感觉好了些,与过去几天的作风完全不同,"事情就这么解决,多说无益。等这孩子回楼上,我们可以再多谈谈。"

她这会儿口气倒还缓和,邦汀疑惑地看着她。艾伦很少称黛西"这孩子"。实际上,他记得艾伦只用过这个称呼一次,那是很久以前了。当时他们正在谈论未来,艾伦当时认真地说:"邦汀,我答应尽力好好待这孩子。"

不过艾伦没什么机会履行她对黛西许下的诺言。

"如果斯鲁思先生摇铃,我该做什么?"邦汀紧张地问。

自从房客搬进来,艾伦还是第一次在上午外出。

她犹豫了一下,为了尽快解决黛西的问题,她忘了斯鲁思先生,说来也是奇怪,她对此觉得很舒坦。

"噢,嗯!你只要上楼敲门,就说我马上回来,就出去拍个电报。他是个非常讲道理的绅士。"

她说完走回房间,戴上帽子,穿上厚夹克,因为外面很冷,可以说越来越冷。

艾伦站着扣手套——她不穿戴整齐是不会出门的,邦汀突然凑了过来:"亲一下,老姑娘。"

艾伦抬起了脸。

她一出门，独自走上潮湿不平的人行道，斯鲁思先生就因房东太太一时忘了他而报复了一番。

过去两天，房客显得比往常奇怪，不像他自己，更像十天前双尸案发生前的样子。

前一天晚上，当黛西正起劲地讲钱德勒带他们去可怕的博物馆时，邦汀太太听见斯鲁思先生在楼上不停地来回走动。她后来去送晚餐，从门外听见他正大声朗读一篇可怕的文章，内容是复仇带来的快感，斯鲁思先生似乎读得很开心。

邦汀太太过于沉浸在自己的想法中，一直在想房客怪异的性格，以至于没看路，突然撞上了一名年轻女子。

她猛地停下来茫然地看了看周围，年轻女子向她道了个歉，然后她又开始沉思。

黛西能离开几天比较好，这样能让斯鲁思先生和他奇怪的行为没有那么让人烦心。艾伦对于自己对黛西说话太严苛感到抱歉。不过最后黛西开心了，结果还是很好嘛。她昨天晚上几乎没睡，整夜都醒着，仔细倾听，但什么也没听到，没有什么比这更累人了。

屋子里非常安静，连根针掉在地上都听得见，斯鲁思先生早已上楼睡在了暖和的被窝里，而且没有翻身，因为他的床就在邦汀太太床的上方，只要有动静，邦汀太太都能听到。但在几个小时的黑暗中，邦汀太太只听到黛西均匀的呼吸声。

她决定不再去想斯鲁思先生的事。

复仇者最近停手了，这有些奇怪。乔昨晚才说过，这样一来，他又得靠自己摸索调查了。邦汀太太总觉得复仇者像是炫目强光中的一团影子，没有一个固定的形状，有时看起来像某样东西，有时又像别的……

邦汀太太已经走到街角，转个弯直走就到邮局了。但她并没有直接左拐，而是停了下来。

她突然心里掠过一阵可怕的自责与对自己的厌恶。作为女人，她居然渴望听说昨晚再次发生谋杀案，这样的期望太可怕了。

但这是个令人羞耻的事实。她在早餐时间一直都在仔细听，希望能听到外面的报童叫卖另一则恐怖新闻的声音，即使是在后来讨论玛格丽特姨妈的电报时，她也依然期待着。她还虚伪，当邦汀对昨晚一夜无事表示惊讶而不是失望时，她竟然责备了邦汀。

她现在又想到了乔·钱德勒。奇怪的是，她以前很怕乔，现在却不怕了，或者说一点也不怕了。乔迷上了有着蓝眼睛、脸颊如玫瑰般红的小黛西，不知道将来会怎么样呢。

去年夏天，当她发现乔和黛西之间互生情愫的时候，邦汀太太简直无法容忍。实际上，一想到黛西又要来，她就很不舒服，因为乔来得太频繁，让人很心烦（不过这并不是最重要的原因）。但现在呢？她对任何涉及乔·钱德勒的事都变得很能容忍。

她在想为什么自己会变成这样？

几天不见黛西，应该不会对乔有什么不好的影响。其实这是件非常好的事，因为他会时常想念黛西，什么别的都不想。分别的确会令感情更深。邦汀太太很清楚这一点，当年和邦汀在一起时，她也曾因工作关系与邦汀分离约三个月之久，而就是这三个月促使她做了决定。她已经习惯了邦汀，觉得少不了他，而且也会吃邦汀的醋，但这些她都没让邦汀知道。

当然，乔也不能不工作。不过，好事是他不像小说里的侦探一样洞悉一切、预知一切，甚至没有东西可以预知、洞悉的时候，他都能保持这样。

为什么说是好事？举个小例子，乔对于他们的新房客从未表现出半点好奇。

她的思路又回到现实并加快了动作，不然邦汀会开始担心她怎么了。

她走进邮局，一言不发地将电报递给年轻的女职员。玛格丽特是个聪明的女人，非常善于安排他人的事，她甚至连"我会赶来与你喝茶。黛西"这样的句子都写好了。

事情办完，真让人舒服。如果在未来两三天中，发生什么可怕的事，至少黛西不在，不会有什么危险。邦汀太太感觉能肯定这一点。

这会儿她走上了街道，心里开始数着复仇者谋杀案的次数，九件还是十件？这人应该报复够了吧？如果报纸上那个投稿人没说错，他应该是住在西区，是个沉默、外表正常的绅士。他到底要怎么复仇才算满足？

邦汀太太加快了脚步，免得在她回家之前房客就摇铃叫人。

邦汀永远不知道应该如何照料斯鲁思先生，尤其在他情绪不对的时候。

******

邦汀太太打开了前门的锁，进了屋子，她的心脏因为害怕恐惧几乎停止跳动。起居室那边传来一些声音，她听不出是什么。

她打开门，松了一口气。原来是乔、黛西和邦汀在聊天。一看见她走进来，大家突然都愧疚地闭嘴，但邦汀太太已经听到乔最后的几句话：

"这完全没有意义，我要出去发另一封电报，说你不去了，黛西小姐。"邦汀太太脸上露出了非常奇怪的微笑。这时她听到远方报童的叫卖声，这声音让她相信昨晚发生了不寻常的事，值得报童在马里波恩街扯着嗓子喊。

"乔，我想你又给我们带来新消息了？是不是又发生了？"

她急促地说，乔惊讶地看着她："没有！邦汀太太，据我所知，并没有。你是不是因为听了报童的叫卖声？他们总要大声叫卖啊！"乔咧着嘴笑道，"你不会觉得有人会那么残忍吧。刚才他们只是喊有人被捕了。但我们并不重视这事，昨晚有个苏格兰人向警方自首，他喝了酒，在那儿自怨自艾。为什么我们不重视，因为自案发以来，大概已经抓了二十个人，但他们都和案子无关。"

"怎么了，艾伦？你看起来很伤心，很失望，"邦汀开玩笑道,"你是不是觉得复仇者该采取行动了。"开完这个恶毒的玩笑,邦汀笑出声来,接着转身对钱德勒说:"如果这事结束,小子,你一定很高兴。"

"确实,但得先抓住他,没人会愿意让这样的畜生逍遥法外的,对不对?"乔不情愿地说。

邦汀太太脱下了外套和帽子。

"我得去给斯鲁思先生准备早餐。"她用疲倦的声音说道,然后离开了三个人。

邦汀太太觉得失望,而且非常沮丧。她进门时那个屋内正在酝酿的计划已经没有成功的希望。邦汀绝对不敢让黛西发出一封和原先答复相矛盾的电报,黛西的继母也觉得黛西不至于胆子这么大。黛西漂亮的小脑袋还是很清醒的,如果将来要在伦敦结婚生活,她最好跟玛格丽特姨妈走得近一点。

她走进了厨房后,心肠就软了下来,因为黛西已经把一切都整理好,没什么可做的,她只要再煮两个蛋给斯鲁思先生就行了。邦汀太太突然心情好了起来,她端着餐盘上了楼。

"先生,现在已经很晚了,所以我没等您摇铃就上来了。"她说。

房客正在读书,他在桌子那头抬起了头。和往常一样,他用一种几乎痛苦的专心在研读《圣经》:

"很有道理!邦汀太太。很有道理!我一直在想这句神谕'行在光明中'是什么意思。"

"什么?先生,"邦汀太太问道,一股怪异、冰冷的感觉涌上心头,"先生,您说什么?"

"灵魂虽然意志坚强,但肉体是软弱的。"斯鲁思先生重重地叹了口气。

"您太用功了,看太久了,所以才会生病。"房东太太突然道。

******

邦汀太太下楼后发现一切都在自己不在的时候准备好了。钱德勒到时候会送黛西小姐到贝格拉夫广场,他能帮黛西提行李。如果不想走路,两人可以从贝克街的车站坐车到维多利亚,在那里下车离贝格拉夫广场很近。

但黛西似乎很想走路,她说她已经很久没散过步了,说完她的脸颊泛起了玫瑰般的红晕。即使是她继母也必须承认,黛西确实是个非常漂亮的女孩,这样的女孩不该独自一人走在伦敦的街道上。

第十三章　斯鲁思先生又外出了

黛西的父亲和继母并排站在门口，目送女儿和钱德勒进入夜色之中。

伦敦市突然笼罩在一片黄色的浓雾中。乔来接黛西的时间比预定的时间早了半小时，他支支吾吾地解释说是因为浓雾，他才到得这么快。

"如果我们再等得晚一点，恐怕连一码都走不了。"乔解释道。

邦汀夫妇沉默地接受了。

"但愿这样把她送走不会有安全问题。"

邦汀懊悔地看着妻子。邦汀太太不止一次告诉丈夫说他对黛西太溺爱，就好像一只老母鸡在照顾最后一只小鸡。

"她会比和你或者我在一起更安全，没人比乔这个聪明的年轻小伙子更适合照顾她。"

"海德公园角站那里的雾比其他地方都要浓，"邦汀说道，"如果我是乔，就会带她坐地铁到维多利亚，这种天气，这是最好的办法了。"

"他们才不在乎天气呢！只要还有一丝光线，他们都会一直走。黛西太想和这年轻小伙子散步啦！难道你没注意到当时你非要和他们一起去那间恐怖的博物馆时，他俩有多失望吗？"

"真是这样？艾伦，"邦汀表情沮丧地说，"我以为乔希望我同去。"

"噢，是吗？"邦汀太太淡淡地说，"我想乔对你同去的感觉就像当年我们约会时，对那个想和我们一同出去的老厨师一样，我一直想不通那个女人怎么那么想与两个不想要她参与的人同行！"

"但我是黛西的父亲，也是钱德勒的老朋友，"邦汀抗议道，"我和那个厨子可不同，她和我们毫无关系。"

"我肯定她挺想跟你一起的。"艾伦摇摇头说道，她的丈夫听了傻傻地笑了。

他们这会儿已回到了暖和的起居室。送走黛西后，邦汀太太松了口气，这女孩有时候头脑很清醒，爱打听，对房客有一种非常不体面的好奇。就在今天早上，她还求邦汀太太说：

"能不能让我偷偷看一眼房客？"

艾伦摇头拒绝了：

"不，我不准！他是个很安静的绅士，他知道自己到底喜欢什么。除了我以外，他不要别人服侍，连你爸爸都很少见到他。"

但是，这样自然会让黛西更想看看斯鲁思先生。

邦汀太太希望黛西离开几天还有另外一个原因，那就是钱德勒不会像之前那样频繁地来她家。邦汀太太觉得就算会惹怒玛格丽特姨妈，黛西也会要求钱德勒去贝格拉夫广场，这是出于人性，至少是少女的天然情怀。

黛西离开的这段日子，邦汀夫妇可以暂时摆脱这个年轻小伙子，这对他们来说算是件好事。

要不是有黛西完全吸引住了钱德勒，邦汀太太还真是有些怕他。他毕竟是个警察，他的工作就是要到处打听、搜查。目前他还未对邦汀夫妇的房子下手，但他随时都有可能展开调查，到时候该怎么办？斯鲁思先生又该怎么办？

一想到那瓶红墨水，还有藏起来的那只皮袋，她的心几乎要停止跳动。这些都是邦汀爱读的侦探小说中的东西，那种会让罪行曝光的东西。

斯鲁思先生要喝下午茶的铃响了，这次比往常提早很多，可能是因为外头的浓雾让他误以为时间已经很晚了。

邦汀太太上了楼。

"我想喝杯茶，再加一片涂奶油的面包就够了，"房客疲倦地说，"我今天不想要其他东西。"

"今天的天气真糟糕，"邦汀太太的声音似乎要比往常高兴，"难怪您不觉得饿，先生。才吃了正餐没多久，对吧？"

"是没多久，邦汀太太。"他漫不经心地答道。

邦汀太太下楼准备了茶点，再度上楼。一进房间，她便惊慌地叫出声来。

斯鲁思先生已经穿好了衣服，准备外出。他上身穿一件长披肩外套，桌上还摆着他那顶奇怪的高顶帽，他准备一会儿戴上。

"先生，您从来都不在下午出门的，"她的声音颤抖着，"外面的雾很浓，连路都看不清。"

她不自觉地提高了声音，几乎是在喊着说。她手里端着盘子向后退，挡在房客和门中间，似乎要拦住他，想在斯鲁思先生与外边雾气弥漫的黑暗世界之间筑一道人墙。

"天气从来都不会影响我。"他不高兴地说，并用愠怒但祈求的眼神看着邦汀太太。邦汀太太不情愿地挪到一边。她头一次注意到斯鲁思先生手上握着东西，那是咖啡橱的钥匙。显然在她进来时，斯鲁思先生正往咖啡橱走去。

"谢谢您对我的关心，"他结结巴巴地说，"但……但是邦汀太太，您得原谅我是个喜爱孤独的人，我偏好独居。如果我觉得进出受到观察，或者说监视，那我就不能待在你们家了。"

邦汀太太克制住自己。

"没有人监视您，先生，"她不卑不亢地说，"我已经尽全力满足您了！"

"您尽力了，尽力了！"他有点抱歉地说，"但是您刚才说话的样子好像是要阻止我做我想做的事，实际上是在阻止我必须做的事。我很多年来一直都被人误解、困扰……"他顿了一下，然后又以一种空洞的声音补充道，"折磨。邦汀太太，您该不会也要折磨我吧？"

邦汀太太无助地盯着他：

"您永远都不用担心这个。我刚才那么说，只是觉得在这种天气出去实在是不安全。尽管快到圣诞节了，但街上没什么人。"

房客走到窗前，往外看了看。

"雾似乎散了一点，邦汀太太。"他的语调依然没有放松，反倒带上了失望与恐惧。

她鼓起勇气，跟着房客走到窗前。斯鲁思先生说得没错，雾渐渐消散了。伦敦的雾有时就是这么突然而神秘地退去。

他突然转身：

"只顾说话，我差点忘了重要的事，邦汀太太。请您给我留一杯牛奶和几片涂奶油的面包，我不吃晚餐了。我待会儿回来后会直接上楼做一个很难的实验。"

"好的，先生。"邦汀太太说完便离开了。

她并没有直接去找邦汀，而是来到楼下雾气弥漫的大厅。刚才送黛西走时，浓雾就飘了进来。她这时做了一件很奇怪的、过去不曾想过的事，她将感觉灼热的额头贴在衣帽架上镶着边的冰冷的镜子上。

"我不知道该怎么办！"她自言自语地呜咽道，"我受不了！受不了了！"

尽管内心深处的猜疑让她感觉很难承受，但她也不可能接受那唯一能让她结束这场苦难的想法。

在过去的犯罪侦查记录中，很少会有女性出卖向她们请求庇护的人。胆怯而谨慎的女人会主动搜查从自家门前逃走的嫌犯，但是不会向追捕者检举嫌犯曾经来过自己所在的地方。其实，要不是赏金的诱惑或者为了复仇，女性不会随便出卖请求庇护的人。迄今为止一直都是这样，也许是因为女人附属的地位让她们作为公民的社会责任感不高。

邦汀太太现在已经开始依恋斯鲁思先生。每次看到她端来餐点，斯鲁思先生都会微笑，他悲伤的脸上露出的一丝光彩让邦汀太太觉得既高兴又感动。在外界不断发生可怕的案件，让她痛苦和疑虑的时候，她从未怕过斯鲁思先生，对他只有怜悯之情。

她常常在深夜里辗转难眠，反复思索这个奇怪的问题。在过去的四十年中，这个房客一定住过某个地方，她甚至都不知道斯鲁思先生有没有兄弟姐妹。至于有没有朋友，据她所知，应该是没有的。但不管他如何怪异，这个人以前的生活显然很普通，直到现在才发生了变化。

如果真是如此，那是什么样的事突然改变了他呢——邦汀太太不断思索着。而且又是什么可怕的事让他无法回到过去，成为一位循规蹈矩的绅士呢？要是他能够恢复正常该多好！

她站在大厅里，让额头的灼热感散去。这一连串的思绪、希望和恐惧在她的脑海里挤成了一团。

还记得几天前，钱德勒曾经说过复仇者是有史以来最奇怪的杀人犯。

她、邦汀和黛西都很专注地听过乔介绍其他著名的谋杀案，那些案件除了发生在英格兰的，还有发生在国外的。

有一个大家都觉得仁慈、受人尊敬的女子，竟然下毒杀了十五个人，只为得到他们的保险金。另一个可怕的故事是，一对住在森林入口附近的夫妻在他们经营的小旅馆中杀了所有前来投宿的客人，就为了抢走他们的衣服和随身携带的贵重物品。几乎每个谋杀案背后都有强烈的动机，而这些动机多半是因为对金钱的贪婪。

她最后用手帕擦了擦额角，走进客厅，邦汀正坐在那儿吸烟斗。

"雾似乎散了一些，希望黛西和乔·钱德勒的路变得好走一点！"

邦汀却摇摇头：

"没这么走运！您不了解海德公园的情况。我相信外面的雾很快又会像半小时之前一样聚拢的。"

邦汀太太半信半疑地拉开了窗帘："反正有好多人都出来了。"

"爱德华街有个圣诞节表演，我正想问你要不要一起去看看？"

"不了，我在家就好了。"

她没精打采地说，一边仔细听楼上斯鲁思先生准备下楼的声音。

最后，她听见房客踩着胶底鞋小心翼翼地走过大厅，而邦汀直到在斯鲁思先生关上前门，才注意到他出门了。

"斯鲁思先生从不在这时候出门的吧？"他惊讶地看着妻子，"这个可怜的绅士会遇到危险的，在这种夜晚外出得格外小心，我希望他没带钱出门。"

邦汀太太阴郁地说：

"他是头一次在这种大雾天外出。"

她忍不住说了这言过其实的话,所以一说完就急切又有点惶恐地看着丈夫,观察他的反应。邦汀看起来并没有反应,好像没听见她刚才的话,继续说:

"伦敦是以雾都闻名,但现在好像看不到以前那种美丽的雾色了。我希望我们的房客能和克劳里夫人一样。我经常跟你提起她,艾伦,你还记得吗?"

邦汀太太点点头。

克劳里夫人是邦汀最喜爱的女雇主之一,她是个非常开朗、爽快的女士,时常会送些小礼物给仆人,虽然大家不一定喜欢她送的礼物,但十分感激她的好意。

邦汀一本正经地慢慢说:

"克劳里夫人常说她从不在乎伦敦的天气有多差,因为这里是伦敦市,不是乡村。克劳里先生喜欢乡村,但克劳里夫人总是觉得乡村没有生气。而在伦敦,她外出是从来不在乎天气的,她好像什么都不怕。但……"

他转过头看了看妻子:"斯鲁思先生的这个举动让我有些意外,我觉得他是那种胆小的绅士……"

他顿了一下,等邦汀太太回应。

"不能说他胆小,只能说他非常安静。所以每次街上人声鼎沸的时候,他都不喜欢外出。我看他不会出去太久的。"

邦汀太太希望斯鲁思先生能早点回来,以免被逐渐沉重的暮色困住。

但她觉得自己实在坐不住了，于是又起身走到最远处的窗边。

雾已经退了，她能看见马里波恩街另一端街道上闪烁的灯光，许多人正朝爱德华街走，准备一睹圣诞节的装饰橱窗。

邦汀终于也站了起来，他走到咖啡橱那里，把放在里面的一本书取了出来。

"我想看点书，"他说，"好久没看了，报上的新闻有段时间很精彩，现在却很乏味。"

妻子依然沉默，她明白邦汀的意思。最后两件谋杀案发生后，已经过去了好多天，报纸已经把能报道的重复报道了许多次，这段时间已经没什么可以再报道的了。

她跑回房间搬出了一些刺绣。

邦汀太太很喜欢刺绣，而邦汀先生也乐于见她在这个嗜好上花时间。但自从斯鲁思先生搬来后，她就几乎没有时间做这个了。

房里少了黛西和房客，安静得出奇。

最后，邦汀停了手上的针线活，细布滑到了膝盖上，她仔细地听着动静，盼着斯鲁思先生早点回来。

时间一分一秒地过去，她开始焦虑，担心再也见不到斯鲁思先生，就她对斯鲁思的了解，如果他在外边真的遇上麻烦，也绝对不会泄露自己的住处。

不！万一事情真是这样，斯鲁思先生会一如他突然来临一样突然消失。那邦汀就不会怀疑，也永远不会知道真相，直到……

天啊！多么可怕呀！万一报上登出照片，邦汀可能就会想到某些可怕的事实。

如果事情真的发生了……此时此刻，她下定决心，到时候绝对缄口不言，只装出一副震惊、被可怕的真相吓得不知所措的样子。

第十四章　瓦斯炉坏了

"艾伦，真高兴他终于回来了。这样的夜晚，连狗都不会出门。"

邦汀如释重负地说，但看都没看妻子一眼，而是继续读手中的晚报。

他依然靠着炉火，十分舒适地坐在安乐椅上。邦汀太太瞪着他，觉得又嫉妒又愤恨；这种感觉是很反常的，因为她一直很爱她的丈夫。

"你不必为他操心，斯鲁思先生会照顾好自己的。"邦汀太太说。

邦汀把报纸放在了膝盖上。

"真不懂他为什么要在这种天气出门。"他不耐烦地说。

"邦汀，这跟你没关系，好吗？"

"的确跟我没关系，但如果他真的有个三长两短，那就糟了，因为这个房客是我们这段苦日子以来第一个给我们带来好运的人，艾伦！"

邦汀太太坐在她常坐的高背椅上，有点不耐烦地挪了挪，继续一言不发。邦汀刚才说的事实非常明显，根本不值得回答。她仔细听着，想象房客迅速而神秘地穿过浓雾弥漫，走进灯光明亮的大厅，这会儿正要上楼。邦汀刚才说了什么来着？

"这种天气外出安全吗？不安全，除非真的有事不能拖到明天。"他一面说，一面看着妻子苍白消瘦的脸庞。邦汀很顽固，喜欢证明自己是对的。"应该得有人跟他说，像他这样的人夜里上街是很不安全的。我念给你听的那些在罗得区附近的意外，都发生在起大雾的时候，坏人都喜欢在这种天气动手。"

"坏人？"邦汀太太心不在焉地答道。

她竖起耳朵听楼上的脚步声，好奇他是进了客厅，还是直接上了他称为实验室的顶楼。

但邦汀继续在说话，让她不能专注地留意上面的动静。

"在这种大雾天参加晚会，好像挺扫兴的。艾伦，你说是不是？"

邦汀太太尖锐地回答说：

"能聊点别的吗？"

她说着站了起来。丈夫的话让她不舒服，两人难得有这种清静的时候，为什么不聊聊让人高兴的话题呢？

邦汀又低头看报纸，邦汀太太则安静地离开。晚饭时间快到了，她今晚准备为丈夫烤一份美味的芝士吐司。这位幸运儿，邦汀太太喜欢用轻视与嫉妒的口吻这样叫他，什么东西都吃，但也正如众多在豪宅服侍过名流的仆人一样，邦汀也很有品位。没错，邦汀确实胃口不错。而邦汀的妻子非常以自己的聪明为豪，她从不使用未经修饰的语词，比如"肚子"这种再普通不过的词，她只在看医生时才用。

这位房东太太并没有直接去厨房，而是去了卧室，轻轻关上门，站在黑暗中静静地听着。

她一开始什么都没听见，但逐渐听到楼上有人在轻轻地走动，楼上这个位置正是斯鲁思的卧室。但不管多仔细听，她还是猜不出斯鲁思在做什么。

最后，她听见他开门，甚至听见他走上楼梯时吱吱嘎嘎的声音。不用说，他整个晚上都会在这间房里做实验。斯鲁思先生已经大概有十天没上过楼了，在雾气如此浓的今晚做实验，真是有些奇怪。

她摸索着找到一张椅子坐了下来。太累了，简直像刚做完剧烈运动。

的确，斯鲁思先生确实为他们带来了一笔收入，也带来了好运，这点她绝不会忘记。

她再次提醒自己斯鲁思先生离开的后果，那表示一切都完了。相反，他留在这里会为他们带来许多好处，至少可以让他们舒适地过日子。而他的存在，就如他的行为举止一样，也意味着体面及安全。

然后她又开始揣测斯鲁思先生的经济来源。他从来没接到过任何汇款，但他的确有某种收入来源，她猜斯鲁思先生是在需要时从银行提款。

邦汀太太想来想去，突然想到复仇者。复仇者？这名字多怪！她告诉自己，不管这人是谁，也总会有满足的一天，在他报了仇之后，他会满足的。

她又想到斯鲁思先生，真走运，他对房间和房东都很满意，这么理想的环境，他应该没有离开的理由。

邦汀太太突然站起来，她努力想摆脱那种恐慌与不适感，她扭动门把，用轻巧的步伐坚定地走进厨房。

他们刚搬来的时候，地下室还是她整理的，虽然说不上舒适，却很干净。她先把墙壁粉刷了一遍，再化四又四分之一先令向瓦斯公司租了个大瓦斯炉，这个瓦斯炉不是投币式的那种，这方面她非常精明，她要求在屋里装瓦斯表，在消费之后才付费。

邦汀太太将蜡烛放在桌子上，点了瓦斯炉，再吹灭蜡烛。

放好平底锅后，她不由自主地想到了斯鲁思先生，他是一个绅士，没有人比他更信赖别人了，但他那么神秘而奇特。

她想到了橱柜里的袋子，总觉得今晚房客出门时会带着它。

她努力不去想袋子，想回到比较令人愉快的主题：房客的收入与他不添麻烦的优点。当然，这房客是个怪人，不然也不会住到这里来，若不是这样，他可能会和亲戚、朋友住在一起。

她一边准备晚餐，一边满脑子想着这些。她切着奶酪，小心翼翼地分好奶油，手脚麻利地处理着每一个细节，这是她一贯的风格。

她烤着吐司，正要准备在上面倒入融化的奶油时，突然听见了一些声音，她顿时觉得很错愕。

沿着楼梯传来了一阵拖曳、踌躇的脚步声。

她抬起头仔细听。

当然，房客不可能像上次一样在雾浓的寒夜再次出门。不对！这熟悉的脚步声并没有飘向通往大门的长廊。

怎么了，这是什么声音？因为听得太专注，邦汀太太差点烤焦了吐司叉子另一端的面包。她看着皱了皱眉头，工作太不专心了。

斯鲁思先生显然下厨房了，这是破天荒头一回！

脚步声逐渐接近，邦汀太太的心跳得厉害。她关了炉火，顾不得融化的奶酪在冷空气中再次凝结起来。

她转身面对着门。

门把被转了一下，门瞬间就开了，正如她所担忧的，斯鲁思先生站在门口。

他看起来比往常更奇怪。他身上穿的方格呢的袍子是他到这里不久之后买的，可是她从来没见他穿过。他手上还拿着一根点燃的蜡烛。

当他看见厨房的灯亮着，女主人在里面忙时，他似乎很惊讶，待在了原地。

"先生，有什么需要效劳的吗？希望您刚才没有摇铃。"

邦汀太太还是站在火炉前。斯鲁思先生不会无缘无故突然闯进她的厨房，她刻意让他知道她的想法。

"没！我……我没摇，"他支支吾吾地说，"邦汀太太，我不知道您在里面，请原谅我穿成这样。我的瓦斯炉有点毛病，所以下来看看您的瓦斯炉，想问您借一下，今晚我要做一项重要的实验。"

邦汀太太心跳加速，心里疑窦丛生。到底是什么实验，非得今晚做。她狐疑地看着他，然而斯鲁思先生的表情让她既害怕又同情，他的眼神里似乎带着狂乱、急切和恳求。

"当然可以，先生。不过这里很冷。"

"这里的温度刚好，"他松了口气，"从楼上阴冷的房间下来，我觉得这里既温暖又舒适。"

温暖又舒适？邦汀太太惊讶地看着他。就算是楼上最阴冷的房间也比这地下室的厨房温暖舒适很多！

"我帮您生火，先生。这个壁炉没怎么用过，但状况很好，因为刚搬来的时候我们做的第一件事就是清理烟囱，它原本非常脏，说不定还会引起火灾！"邦汀太太露出了家庭主妇的本能，"说实话，今晚这么冷，您应该在卧室生火的。"

"不，我宁愿不要，我不喜欢火。邦汀太太，我觉得我告诉过您。"

斯鲁思先生皱了皱眉头，他站在厨房门旁边，表情很奇怪，手上还拿着点着的蜡烛。

"我现在还不用厨房，谢谢您，邦汀太太。我晚一点下来，可能等到你们夫妇睡了以后。不过还是请您明天帮我找人修一修瓦斯炉，可以在我出门的时候修，那个投币式的瓦斯炉坏了，真是让我头痛！"

"说不定邦汀可以修，我现在就去找他上楼修。"

"不！不用了！今晚别修，况且他也修不好。邦汀太太，我自己也是这方面的专家，已经试着修过了，故障很简单，是里面的铜板堵住了机器。我总觉得这种设计很蠢。"

斯鲁思说话的口气有些愤愤不平，但是邦汀太太能理解，这个投币机就像人一样不老实，有时候会吃币，她也有这样的经验，所以对此非常了解。

斯鲁思先生上前盯着炉子看。

"这个炉子不是投币式的？"他半信半疑地说，"真好，因为我估计实验要花点时间。当然，我会付费的，邦汀太太。"

"噢，不用了！先生，我不会向您收一分钱的。我们不太用炉子。"

邦汀太太这时觉得舒服了点，刚才的惶恐感消失了，可能是因为他的态度逐渐变得温和了！但是他给人诡异的感觉还在！两人一前一后走出了厨房。

房客礼貌地道了晚安，上楼回了自己的房间。

邦汀太太回到厨房。她点燃炉火继续忙手上的工作，却无法镇定下来。她心中有股莫名的恐惧。她尽量让自己集中精神热锅里的奶酪，她基本做到了，但与此同时，她心里依然有很多疑问。

她很好奇他在做什么实验，但她始终想不通他用那个大瓦斯炉做什么，只知道他要用到极高的热力。

第十五章　谋杀案蔓延到西区

邦汀当晚很早就睡了。邦汀太太决定不睡，她想知道房客什么时候下到厨房做那项重要的实验，也很想知道他会在那里待多久。

但是，经过一整天的忧虑和紧张，邦汀太太体力不支地很快便睡着了。

直到教堂的钟声用力地敲了两下，邦汀太太才被惊醒。她为自己睡着而感到很自责，斯鲁思先生一定早就去了厨房，而且已经做完实验又回了楼上去。

但随着越来越清醒，她逐渐闻到一股辛辣的味道，这股味道摸不着、看不见，却如烟似雾地包围了她和在身旁酣睡的丈夫。

邦汀太太从床上坐了起来，闻了闻。她顾不得寒冷，悄悄爬出被窝，爬到床尾，身体越过床尾的栏杆，把脸贴到通往大厅的门缝上。没错，味道就是从这里传来的，走廊上的气味肯定更重。

她冷得瑟瑟发抖，赶紧爬回被窝，心里很想摇醒酣睡的丈夫。她想象自己对丈夫说：

"邦汀,快起来,楼下发生了怪事,快去看看!"

但她仍然躺着,痛苦地倾听哪怕一点点最细微的声音。她心里很清楚,自己是不会要求丈夫这么做的。

如果房客真的把她干净整洁的厨房弄得一团糟,那怎么办?他难道不是个近乎完美的房客吗?如果他们激怒了这位房客,那到哪儿去找一个像他这样的?

钟敲了三下,邦汀太太听见缓慢而沉重的脚步声沿着厨房楼梯走上来。斯鲁思先生并没有像她预期的那样直接上楼,反而去了大门口开门,然后拴上链子,之后经过了她的房门。最后可能坐在楼梯上,邦汀太太这样猜测着。

又过了大约十分钟,她听见房客再度走进走廊,并轻轻地关上了门。她想房客肯定是想把屋子里的气味散出去,这味道有点像烧焦的羊毛。

邦汀太太睁大眼睛躺在黑暗中,听见房客走上楼的声音,她觉得自己永远也忘不掉这种可怕的气味了。

终于,心力交瘁的邦汀太太睡着了,而且还做了一些奇怪恐怖的噩梦,耳边似乎不断响起嘶哑的声音——

"复仇者来了!复仇者来了!爱德华街发生了谋杀案,复仇者再次犯案。"

即使在梦里,邦汀太太听到这些都感到愤怒,她很清楚,自己之所以被噩梦侵扰,完全是因为邦汀。邦汀整天谈论着这些血腥的谋杀案,只有心理变态的人才会对这些事如此感兴趣。

虽然在梦里,但她还是听见丈夫在耳边说:

"艾伦,亲爱的,我要起床拿报纸了,七点了。"

耳边还传来一阵喧嚣声和急促的脚步声,她坐起来,拨了拨额前的头发。

这不是噩梦,是现实,它比噩梦还要糟糕。

为什么邦汀不多睡一会儿,好让她继续做梦?即使再可怕的噩梦也比这样醒来好。

她听见丈夫走到前门拿报纸,兴奋地和报童聊了几句,然后又走了回来。过了一会,她听见邦汀在起居室点灯的声音。

每到早晨,邦汀都会为妻子泡杯茶,这是结婚时他的承诺,一直未曾中断。对一个体贴的丈夫来说,这是件再平常不过的小事,今天却让邦汀太太泪眼婆娑,因为他这次泡茶花的时间比平时更长。

邦汀终于端着小盘子进来了,看见妻子面向墙躺着。

"艾伦,你的茶来了。"他说话时声音有点兴奋。

她转过身坐了起来。

"发生什么事了?为什么不跟我说?"

"我以为你在睡觉,什么都没听见。"他支支吾吾地说。

"这么吵,我怎么睡!我当然听见了,你怎么不告诉我?"

"我都还没时间看报纸呢!"邦汀慢慢地说。

"你刚才不是在看吗?我听见沙沙的声音,你还没开灯就看了。外面喊的是和爱德华街有关的事?"

"噢,既然你听见了,我最好还是告诉你。复仇者到西区了,上回他在国王十字街,现在到了爱德华街,他已经朝我们这边来了。"

"帮我拿报纸过来，我要自己看看。"她吩咐道。

邦汀跑到隔壁给她拿过来几张零散的报纸。她问："这是什么？这不是我们的报纸呀！"

"当然不是！"他回答，"这是《太阳晨刊》，专门给复仇者开的。写在这里。"

他指给妻子看，虽然光线不好，但邦汀太太还是一眼就看见了，因为字印得又大又清楚：

自称为复仇者的杀人犯再次躲过侦查。当警方和众多业余侦探集中全力在东区和国王十字街搜捕时，他已经悄悄地快速转移到了伦敦西区，而且选择在爱德华街最繁忙、人流量最大的时候，以闪电般的速度残忍地杀了一个人。

他在一座废弃仓库诱杀了被害人，而在离现场不到五十码的地方，人们正熙熙攘攘地忙着采购圣诞用品。他肯定在下毒手之后马上混入了喧闹的人群。尸体是在后半夜才被意外发现的。

道崔大夫到了现场，他判断遇害的这名女子至少已经死亡三个小时。大家都希望这起凶杀案与复仇者那一系列震惊文明世界的谋杀案无关，但是，这名遇害妇女的衣角上依然别着一张全城人都熟悉的三角形灰色纸片，上面留着"复仇者"的字样，简直残忍得令人发指！

邦汀太太慢慢看着，心里很难过，丈夫则等在一旁。

她看完抬头看了一眼邦汀：

"你一定要这样盯着我吗？不能做点别的？"她非常恼火地吼道，"不管有没有谋杀案，我都得起床了！走开！"

邦汀默默地走去另一个房间。

他离开后，妻子躺回到床上，闭上了眼睛。

她试着什么都不想，脑子里好一会儿都是一片空白。她感到虚弱无力，好像刚刚大病一场。

她的脑海里闪现各种思绪。她在想，不知道贝格拉夫广场是否允许报童叫卖报纸，玛格丽特会像她姐夫一样大清早起床去买报纸吗？应该不会，她不会为了这种愚蠢的事情离开温暖的被窝。

黛西不是明天就要回来了？没错，是明天。黛西一回到家，一定又要讲一堆在玛格丽特姨妈家经历的趣事。这孩子模仿能力很强，她会用这个天赋不厌其烦地转述这几天发生的事。

邦汀太太又想到了钱德勒。爱情真是个奇妙的东西，像乔这样的年轻人一定见过不少像黛西一样漂亮、甚至比黛西更美丽的女孩，但都只是擦身而过，从来都没让他动过心思。今天，如果黛西不在这里，钱德勒可能还是会与他们夫妇保持相当的距离。

邦汀太太坐了起来，她突然想起一件事，感觉更紧张了。如果乔今天真的来了，她就得强忍着乔与邦汀谈论有关复仇者的话题。

她拖着沉重的身体慢吞吞地起床，仿佛大病初愈但依旧虚弱的样子。

她站着仔细听外面的声音，觉得自己在瑟瑟发抖，因为天气实在是冷。虽然时间还早，但马里波恩街道上已经有了许多人，就算门窗紧闭，她依然能听见外面的声音。一定有许多人正徒步或坐车赶往复仇者犯案的现场……

她听到报纸"咚"的一声从信箱掉到地上，接着是邦汀迅速跑出去拿报纸的声音。她似乎看见他回到了起居室，满意地坐在了新生起的炉火旁。

邦汀太太没精打采地穿上衣服，外面的喧嚣声越来越大。

邦汀太太进了厨房，发现一切都完好如初，没有如预料中残留了辛辣气味。倒是整个房间都是雾，虽然她昨晚离开时关紧了门窗，但现在窗子是敞开的，她走上前关了窗子。

她把报纸揉成了一个纸捻。这是以前的一位女主人教她的，之后她弯腰打开烤炉的门。和她预期的一样，在她上次使用之后，这烤炉曾被点燃过，大量的黑色胶状煤渣落在石质的地板上。

邦汀太太拿了前一天买的火腿和蛋，回到起居室的简易煤气炉上煮早餐。邦汀惊讶地看着她一言不发。他从来没见过她这么做过。邦汀太太解释说：

"我没办法待在下面，那儿又冷又有雾，我今天只想在这儿做早餐。"

"好啊！艾伦，这样挺好的。"他和善地说。

但在早餐做好后，她一口都没吃，只喝了杯茶。

"艾伦，你是不是病了？"邦汀关心地问。

"没有！"她马上答道，"我好得很，别傻了！只不过是在离我们这么近的地方发生了这些可怕的事,让我觉得反胃,吃不下东西!你听听外面的声音。"

从紧闭的门窗传来喧闹声和脚步声,人们纷纷拥向出事地点,其实现在那儿也没什么好看的了!

邦汀太太要丈夫锁上前门。

"我不希望有奇怪的人进来!"她生气地说,"这世上游手好闲的人可真不少。"

第十六章　西区的民众沸腾了

邦汀心神不宁地来回走动，一会儿到窗边，看着外边来去匆匆的人群，一会儿又回到火炉旁坐下。

但他实在坐不住了，他看了一会儿报纸，又站了起来，走到窗边。

他妻子终于开口道：

"你能不能别转来转去？"

过了几分钟，她又说：

"你干脆戴上帽子出去走走吧！"

邦汀有点尴尬，便真的戴上帽子，穿好外套，走了出去。

他跟自己说自己也不过是个普通人，因为家里附近发生了这样的命案，难免有这种坐立难安的反应，也算是正常的。艾伦的反应才莫名其妙！今早她好奇怪啊！他出去听听外边发生什么事就让她生气了。回来后因为不想烦她就对外面的情况只字不提，她也生气。

就在邦汀在揣测她的时候，邦汀太太正勉强地走下厨房。但当她一走进这间粉刷一新的地下室时，突然一股恐惧感将她包围。她转过身，做了一件自己也不相信的破天荒的事，她锁上了厨房的门。

这么一锁，她觉得自己已与外界完全隔绝，但那种怪异的恐惧感依然存在。她觉得自己和一种无形但存在的东西锁在了一起，这东西嘲笑她、责备她，还威胁她。

她有些后悔，为什么允许，不对，应该说是鼓励黛西离开两天呢？其实黛西是个年轻、善良而且值得信任的好伙伴。和黛西在一起，她可以做回自己。至于邦汀，她也对他有一点愧疚，她是邦汀的合法妻子，而且丈夫对她很体贴，她却私下保留了一些邦汀有权知道却被自己刻意隐瞒了的秘密。

然而，她绝不会让邦汀知道她内心可怕的猜疑——不，她只是几近确定。

最后她打开门，走上楼梯，进了卧室，这里让她感觉舒服些。

她希望邦汀回来，但邦汀不在时，她又觉得轻松，有解放的感觉。她既喜欢丈夫在身旁，却又乐见丈夫外出。

邦汀太太开始打扫房间，希望能把精力都放在工作上，但她始终在想楼上那人正在做什么？

房客睡得好沉啊！这也很正常，她知道昨晚斯鲁思先生一整宿都没睡！

突然，起居室的铃响了。

房东太太并不像往常那样立刻上楼，她先下楼匆匆为房客准备了食物，把早餐和午餐合并成了一份简餐。

她走上楼梯，心在狂跳。上去之后，她站在起居室外面，端着餐盘，屏住呼吸仔细听。她确定斯鲁思先生已经起床，正在等她。好一会儿，她没听见动静，接着，门的另一端传来熟悉的声音：

"'她对他说，偷来的水异常甜美，偷吃面包让人非常愉快。但他不知道，死人就在那里，她的客人已经处在地狱的深渊。'"

说话声消失了，邦汀太太可以听到翻《圣经》的声音，斯鲁思先生打破了沉寂，高声朗读道：

"'她抛下了许多受伤的人，许多壮丁都死在了她的手下。'"他再以更柔和、低沉而淡淡的声调念道，"'我让自己的心寻求智慧和为人处世的道理，去了解愚昧与疯狂的罪恶。'"

邦汀太太听着，心底有一股悲伤的压迫感。这是她这辈子第一次看到人类生命中那无尽的悲哀与孤寂。可怜的斯鲁思先生内心到底有多压抑，她对这位房客有一股难以名状的同情。

她敲了敲门，端起餐盘。

"进来，邦汀太太。"斯鲁思先生的语气比往常淡了许多。

她转开门把走了进去。

房客并没有坐在他平时坐的地方，他把床上放蜡烛用的小圆桌放在了起居室的窗户旁。一看到房东太太进来，他便合上《圣经》，看着窗外楼下马里波恩街道上的人群。

"今天人好多呀！"他盯着窗外道。

"是的，先生。"

邦汀太太忙着铺桌布、摆餐盘，这时候她对坐在那儿的男人

| 147

的恐惧感越来越强。

斯鲁思先生站起来，转了身，她强迫自己看着他。斯鲁思先生看起来既疲惫又陌生。

他走近摆着食物的桌子，双手紧张地搓着，只有在满意的时候，他才会做这样的动作。邦汀太太看着他，想起当他第一次看见顶楼的房间，知道里面有个大瓦斯炉和方便的水槽时，也有过这样的动作。

斯鲁思先生的这个动作让她想起了自己少女时代一位男青年带她看过的一出戏。剧中饰演女王的那个演员在愤怒的时候也会做这种动作。

"今天天气很好，"斯鲁思先生坐下来摊开了餐巾说，"雾已经散了，邦汀太太，天气一放晴，我的心情也就比较开朗，不知道您是否也有同感呢？"

他用询问的眼光看着邦汀太太，但邦汀太太说不出话，只是点了点头。不过斯鲁思先生并没有因此不高兴。他对眼前这位沉默庄重的妇人很有好感，也很尊重，多年来，邦汀太太是头一位给他这种感觉的女人。

他低头看了看还没掀开盖子的盘子，摇摇头说：
"我今天胃口不太好。"

他平淡地说道，然后从大衣口袋里掏出一些钱币。邦汀太太注意到，这件大衣不是他前些天穿的那件。

"邦汀太太，能否请您过来一下？"

邦汀太太犹豫了一下，还是听了他的话。

"昨晚用了您的厨房，希望您能接受这点心意，"他说，"我尽量保持了厨房原先的干净整洁，但邦汀太太，我其实在做一项复杂的实验。"

邦汀太太伸出手迟疑了一下，才收下这些钱。斯鲁思先生的手指轻轻碰到了她的掌心，触感非常湿冷，斯鲁思先生显然不舒服。

邦汀太太走下楼梯，冬天的太阳高挂在薄雾笼罩的天空，映着这位房东太太红彤彤的脸，也把她手上的钱币照得闪闪发亮。

这一天和往常一样平静地过去了。显然屋外的状况比这屋里更有生气。

这是几天来第一次出太阳，整个伦敦市阳光明媚。

邦汀回来后，告诉她外头热闹的情景，妻子默默地听了半晌，突然好奇地看着邦汀。

"我猜，你一定也去了那个地方？"她说。

邦汀惭愧地承认了：

"其实，已经没什么好看的了。艾伦，歹徒真是胆大包天！可怜的被害人连尖声呼救的时间都没有，真令人不敢相信，街上竟然没有一个人听到呼救声！有人说，如果歹徒今天下午再用同样的手法作案，一样能逃之夭夭。他一定在犯案后的十秒内就混入了人群。说不定还在现场围观。"

整个下午，邦汀都在到处买报纸，他一定已花光了六便士中的大部分。报上有各种猜测与假设，但事实上，与之前的报道相比，这些也没什么新意。

显然警方也是没有头绪。邦汀太太开始觉得舒服了点，不像整个上午那样感到疲倦、不适与恐惧。

接着发生的事情打破了一天的安宁。

两人正喝着茶，邦汀读着刚才买来的报纸，外面突然传来急促的敲门声。

邦汀太太抬头吃惊地说：

"会是谁呢？"

邦汀正要起身，她却说：

"你在这儿坐着。我去看看，可能是来看房子的，我去打发！"

她刚走出了屋，还没来得及开门，又传来两声敲门声。

邦汀太太打开前门，看到眼前站着一位身材高大、皮肤黝黑的陌生男子，脸上还蓄着黑髭须，说不上为什么，邦汀太太觉得他是个警察。

这个人一开口就证实了邦汀太太的猜测：

"我是来执行搜捕任务的。"他的预期容不得任何拒绝。

邦汀太太吓了一跳，立刻伸出双手企图挡住警察的去路，脸色也变得苍白。此时，这个陌生人突然爽朗地大笑起来，声音很耳熟！

"邦汀太太，没想到这么容易就可以唬住您！"

原来是乔·钱德勒，他穿上了执勤时的制服。

邦汀太太反应过来后也大笑，笑得有点歇斯底里，就像黛西刚到的那天早上，马里波恩街报童大声叫卖报纸时她的反应。

"发生了什么事？"邦汀走了出来。

钱德勒懊悔地关上了大门。

"我不是故意要吓她的,"他愣在那解释道,"邦汀太太,我不是故意吓您的,都怪我太无聊了。"

他们一起把她扶进起居室。进了起居室,可怜的邦汀太太情况更糟了,她把黑色的围裙翻起掩在脸上,无法控制地啜泣起来。

钱德勒更加抱歉地说:"我想我一开口说话,她就会认出是我了。没想到吓着她了,实在是抱歉。"

"没关系!"她拉下脸上的围裙,泪水仍不断流出,"乔,千万别放在心上,是我自己太傻了。附近发生了谋杀案,我一整天都心神不宁。"

"发生这样的事的确让人难过,"钱德勒懊悔地说,"我只想来看看你们,其实执勤期间,我是不应该来这儿的。"

说话的同时,他眼巴巴地看着桌上吃剩的食物。

"你要不要休息一下,吃点东西?"邦汀殷勤地说,"顺便告诉我们案子的新消息!"他显然乐于提起这可怕的事实,甚至语气里带了点自豪。

乔点点头,吃了一大口面包和奶油,过了一会儿才说:

"我是有一点消息,但我想你们不会太感兴趣。"

夫妇俩都看着他,邦汀太太突然安静下来,但胸口还是起伏不停。

"我们的头儿已经辞职了!"乔·钱德勒慢慢地说。

"天啊!你说的该不会是警察局局长吧?"邦汀问道。

"没错,正是他。他迫于舆论压力辞职了。他已尽了全力,我们大家都尽了全力。今天西区的民众都怒了,至于报纸媒体,他们更是肆无忌惮地炒作这事,提出了很多荒谬的意见。他们要求我们做的事简直不可思议,而且他们还言之凿凿的。"

"要你们做什么?"

邦汀太太问,她想知道。

"像《新闻报》说的,应该全伦敦挨家挨户地调查。您想想看,要大家开门让警察进屋里,从阁楼搜到厨房,看看复仇者是不是藏匿在里面。这真是可笑!在伦敦市,光是做这一件事就得花上好几个月的时间。更别提那些更荒唐的建议。等把这个办完,不知道还要死多少人!"

"我倒想看看他们敢不敢进我的屋子搜查!"邦汀太太生气地说。

"都是因为这些可恶的报纸,这回复仇者换了作案方式。"钱德勒慢慢地说。

邦汀将一碟沙丁鱼推给客人,问道:"什么?我没明白,乔。"

"是这样的,您看,报上老是写复仇者总是选择在特别的时间下手,就是说在寂静无人的街道上。难道这个人不会看报纸?凶手一旦看了这报道,就会采取别的方式下手。您听听看这则报道。"

他从口袋内掏出一张剪报,是个方块文章:

前伦敦市长对复仇者事件的看法

能逮住凶手吗？会的，约翰爵士这样回答："他一定会被抓住，也许下次犯案的时候就被逮住了。警方现已出动大批警犬，只要他再次犯案，就一定可以立刻找到他。现在全社会的人都在关注，他肯定难逃法网，大家要记住，他总是选在一天中最安静的时刻下手。

"伦敦市民现在都处在非常紧张的状态。若大家不介意，我更想说这是一种恐慌的状态。只要有人的工作恰巧需要在半夜一至三点外出，这个人一走在路上，邻居们肯定都会投以怀疑的目光。"

乔·钱德勒愤愤地读完说：
"我真想塞住这位前市长的嘴。"
这时候，房客摇铃了。邦汀说：
"亲爱的，让我去。"
他的妻子依然脸色苍白，似乎刚才的惊吓还让她心有余悸。
"不！不！"她忙说，"你留在这里陪乔聊天，我来照顾斯鲁思先生，他可能要提前用餐。"
她觉得双腿好似棉花一样发软，步伐缓慢而痛苦地上了楼，然后敲门走了进去。
"先生，您摇铃吗？"她恭敬地说。
斯鲁思先生抬起头。
她第一次觉得斯鲁思先生只要看她一眼，她就觉得恐惧，她告诉自己，这可能只是她的错觉。

"我听见楼下有些声音，"他不悦地说，"我想知道发生了什么事。邦汀太太，一开始租房子的时候，我就跟您强调过我非常需要安静。"

"先生，是我们的一位朋友，很抱歉打扰到您了。如果您不喜欢敲门声，明天我就叫邦汀把门环取下来。"

"噢，不，我不是要给你们添麻烦，"斯鲁思先生听完好像松了一口气，"邦汀太太，只是你们的一位朋友吗？他刚才确实很吵！"

"只是个年轻小伙子，"邦汀抱歉地说，"是邦汀老朋友的儿子，他常来，但是从来没这么大声敲过门，我会告诉他注意的。"

"噢，不，邦汀太太，没必要，反正事情已经过去了。"

邦汀太太心想斯鲁思先生真奇怪，马路上每隔一两小时就会传来嘶哑的喊叫声，他从未就此说过一句话，也没说这些声音会影响他阅读。

"先生，您今晚是不是要早点用餐？"

"邦汀太太，只要您方便就行，不要太麻烦。"

邦汀太太觉得应该没事了，自己该离开了，于是她关上房间，轻手轻脚地下了楼。

就在这时，她又听见大门砰的一声关上。她叹了口气，钱德勒这年轻小伙子还是吵啊！

第十七章　撒　谎

接下来的这一晚，邦汀太太睡得很沉，由于一整天都非常疲惫，她几乎一沾到枕头就睡着了。

所以第二天她起得很早，还没喝完邦汀准备的茶，就起身穿好衣服。她突然觉得大厅和楼梯需要好好整理一下。等不及吃早餐，她就动手整理起来。这让邦汀觉得很不舒服，他正坐在客厅的火炉旁读早报，这是他最喜欢的精神食粮。

"艾伦，别急嘛！黛西今天就回来，为什么不等她回来帮你一起整理呢？"

邦汀太太埋头吸尘、打扫、擦地，她抽空回答道：

"年轻女孩做不来的。不用担心我，我今天想多做一点，我不希望有人来看到家里很脏。"

"这倒不用担心，"邦汀突然想到什么，"你不怕吵醒房客吗？"

"斯鲁思先生昨天睡了很长时间，也睡够了吧，"她说着朝楼梯口走去，"我已经很久没有打扫楼梯了。现在应该不会影响他。"

在专心清理大厅时，邦汀太太一直开着起居室的门。

邦汀太太这样做显得很奇怪，她一向是注意关门的。邦汀也没有去关，任由门开着。但是外面的噪声让他无法专心读报，他从来不知道艾伦工作时会这么吵，有一两次他都抬起头，皱了皱眉头。

突然四周安静了下来。他抬头发现艾伦停下了手里的活，正站在门口看着他，心中猛地一惊。

"进来吧，还没做完吗？"

"我只是休息一会，"她说，"跟我说下今天报上有什么新闻。"

她的声音有些沉闷，好像对自己一反常态的好奇心有点不好意思。让邦汀不安的是，她看起来有点累，脸色也有点苍白。

"进来吧！"他重复说，"你做得不少了，早餐还没吃呢，进来把门关上吧。"

他的语气略有点强硬，邦汀太太想了一下，听了他的话。进来后，她做了一件前所未有的事，她把扫把带了进来，放在墙的角落里。然后，她坐了下来。

"我想就在这儿弄早餐吧！"她说，"邦汀，我觉得好冷！不想下楼了。"

她的丈夫吃惊地看着她，因为她的前额渗出了几滴汗。邦汀站起来说：

"好，我下去拿几颗鸡蛋上来，你别担心。如果你愿意，我可以在楼下把蛋煮好。"

"不用，"她坚持着，"我自己来吧，你只要带上来就行，明天黛西就回来帮忙了。"

邦汀关心地说:"过来坐我这张椅子,比较舒服。艾伦,你都没好好休息,你这么勤快的女人真是少见!"

她顺从了丈夫的建议,起身慢慢地走到房间另一端。

邦汀看着妻子,有点担心。邦汀太太拿起刚才邦汀放下的报纸,邦汀则走到妻子身旁。

"我来告诉你最有趣的部分,"邦汀热心地说,"就是标题写着**《我们的特务调查专家》**的那篇。你看,报社自己请了一位专家来调查这个案子,还说他掌握了警方忽略的一些线索。这篇报道的执笔人就是这位特务调查专家,他曾风光一时,本来已经退休了,但现在为了这件案子又重回江湖。你看他的分析。如果他最后得到这笔奖金,我也不会太惊讶,看得出来他非常热爱这份侦探的工作。"

"热爱这种工作没什么值得炫耀的。"她懒洋洋地说。

"要是能抓到复仇者,他就有了骄傲的本钱!"邦汀对妻子不以为然的态度很反感,"你注意看他提到的胶底鞋的事,有谁会想到这些?我得告诉钱德勒,他好像也不清楚这条线索。"

"他可是警察,对案情清楚得很,用不着你去通风报信。邦汀,还不快去拿鸡蛋,我想弄早餐了。"

邦汀见太太口气不对,于是赶紧转身离开。他不是很介意妻子刻薄的语气,这么多年早就习惯了。但最近她的情绪总是阴晴不定,让他不知道如何应对,她以前可不是这样的。

他走下楼梯，惴惴不安地想着近日来妻子的变化。

就拿他那张椅子来说吧！虽然是件小事，但是他也没料到艾伦真会坐上去。自从她买这张椅子送给他，从没见她自己坐上去，一分钟都没有。

斯鲁思先生来这里以后的第一周，他们是那么快乐，可能是因为突然转危为安令她承受不起。接下来，又是复仇者连环杀人事件，这个案子不但震惊了整个伦敦市，也令艾伦惊慌失措。即便像邦汀这样缺乏观察力的人，都注意到艾伦对这些可怕的事件具有一种病态的好奇心。她一开始还不屑于讨论这个话题，而且说过对这类谋杀案毫无兴趣，现在却很想了解案子的进展。

邦汀一向对此类话题很有兴趣，尤其爱看侦探小说，他似乎也找不出比这更让人感兴趣的读物了。这也是他与乔·钱德勒一见如故的原因之一，乔刚到伦敦的时候，彼此之间的友谊就靠这方面的兴趣维系。艾伦能够忍受，但从不鼓励讨论这种话题，她不止一次对他说："听你们两人聊天，人家可能以为世上都是罪犯，没有好人了。"

但现在她和别人一样关注复仇者谋杀案的细节和案情进展。她对每一件事都有自己的看法，她向来很有主见，不同于街头巷尾的家庭妇女。

这些想法一直在邦汀的脑子里徘徊。他往盆里打了四个蛋，想给艾伦一个惊喜——为她做蛋卷，这是多年前一个法国厨师教他的。

上楼后，他看见妻子坐在那儿看报纸，根本没留意到他在楼下待了多久，这让他松了口气。她此时正专注地在看这家报纸为那位名侦探开辟的专栏。

根据那位专家的说法，警方在侦查时漏掉了的许多细节都被他发现了。比如他承认自己很幸运，在双尸案发生的三十分钟内就抵达了现场，并在潮湿的地面上发现了凶手的右脚印。

报上也印出了那个旧橡胶鞋的鞋印，而调查专家也承认说光是在伦敦市穿这种鞋的人就不计其数。

邦汀太太看到这里，紧闭的薄嘴唇露除了微笑。这话不假，穿这种橡胶鞋的人真是数不清，她很感谢这位专家能客观清晰地陈述事实。

文章的结尾写着：

> 今日警方将对十天前发生的双尸案的受害者验尸。我认为，当一件新谋杀案发生时，应立刻在第一时间进行一个初步的公开调查，唯有如此，才能对大众提供的证据进行初步的审查和过滤。虽然警方已经在案发过一周，甚至更长的时间之后对目击者一再询问，但由于时间拖太久，目击者记忆变得模糊。上次案发时，现场确实有人，至少有两女一男目睹疑犯匆忙离开。今天正是调查此案的最佳时机。明天我希望能针对今天的验尸结果以及当中的任何陈述提出我的看法。

邦汀太太聚精会神地读着，丈夫端着盘子上来，她也只是瞥了一眼，直到邦汀语气坚决地说：

"放下报纸，艾伦！我做了蛋卷，再不吃就凉了。"

邦汀太太很快就吃完了早餐，然后继续读报。让邦汀很懊丧的是，这么美味的蛋卷她竟然只吃了一小半。她翻着报纸，终于在其中一张的角落里找到了她要的信息，她这才松了口气。

邦汀太太找的是侦讯的时间和地点。时间很奇怪，是下午两点钟，不过，对她而言，这是个最方便的时间。因为两点以前，大约一点半，房客会吃完午餐，而她和邦汀可以提前吃完午餐，黛西也要到下午茶的时间才回来。所以这个时间点她有空。

她从丈夫的椅子上站了起来：

"你说得对，"她嘶哑地快速说道，"邦汀，我想今天下午我该去看医生。"

"要不要我陪？"

"不！不要！你要是跟着，我就不去了。"

"好吧！"邦汀无奈地说，"只要你开心就好，亲爱的。"

"我自己最了解自己的身体状况。"

邦汀对妻子的不领情有点不高兴。

"我早就说过你应该看医生了，是你自己说不去的。"他不悦地说。

"我从没说过你说的不对！反正，我下午要去。你别管了"

"你觉得哪儿疼吗？"

他看着妻子，圆圆的脸上流露出关切的眼神。

艾伦站在邦汀对面，她脸色不太好，双肩似乎变得消瘦，面颊也有点下陷，即便是在忍饥挨饿、担惊受怕的那段苦日子里，她看起来也没这么糟糕过。

"有，"她旋即说道，"我觉得在脖子后上方，脑袋这里疼。最近经常疼，尤其是受到刺激的时候，昨天被钱德勒吓到的时候就疼。"

"他昨天像个傻孩子，"邦汀不以为然地说，"我应该提醒他的。"

"那会儿你根本没机会。"她慢慢地说。

邦汀沉默了一会儿，她说的没错，邦汀走出大厅时，钱德勒已经演完了。

"他那些黑胡子和假发真是滑稽！"

"不认识他的人看到他那个样子就不会这么想。"她语气尖锐地说。

"我总觉得他不像个成年人，如果他够聪明的话，就不要让黛西看到他这个样子。"

邦汀说着开心地笑了。

他这两天常常想到黛西和钱德勒，心里替他们高兴。不管怎样，一个年轻女孩整天和老姨妈住在一起，实在是太沉闷，太不人性化了。而乔的收入很不错，这对年轻人应该不会像邦汀和黛西的妈妈那样蹉跎岁月，过了好长一段时间才结婚。既然两情相悦，为什么要等呢？

但是黛西要再过两周才满十八岁，最好等到她二十岁再结婚。那时候老姨妈可能去世了，黛西也许还会继承一笔钱。

"你在笑什么？"妻子不高兴地说。

"我在笑吗？我自己都没发现。"他摇摇头。过了一会儿，说："艾伦，不瞒你说，我想到钱德勒，他好像迷上了黛西，不是吗？"

"迷上了？"邦汀太太也笑了，但笑得有点奇怪，似乎不太友善。"迷上了？"她重复着，"可是现在两个人连人影都没有，无影无踪！"

迟疑了一会，她一边揪着黑围裙，一边说：

"我认为他下午会去接黛西，或者……或者，你觉得他下午会不会去验尸现场？"

"啊？验什么尸？"邦汀一脸迷惑地问。

"就是在国王十字街发现的尸体啊！"

"噢，他并没有被叫去，我知道的，因为他要去接黛西。他昨晚说过了，就在你上楼和房客说话的时候说的。"

"那就好，"邦汀太太相当满意地说，"否则你就得去接她。我不希望家里没人，要是斯鲁思先生摇铃没人回应，他肯定会生气的。"

"不用担心，艾伦，你不在家的时候，我是不会出门的。"

"即使我出去很久，你也不能出门，邦汀。"

"好，如果你要到伊灵区看医生的话，估计会要很长时间吧？"

邦汀用询问的目光看着妻子。

邦汀太太点点头。不知何故，点头不像说谎那么让人有罪恶感。

第十八章　去验尸侦讯处

任何严峻的考验都需要极大的勇气去面对，一旦有了经验，就算是要应付再可怕的事也会容易不少。

很多年前，邦汀太太曾以证人的身份参加过一次验尸，那是在她模糊不清的记忆中，少数几件让她难忘的事情之一。

艾伦·格林曾经和她的女主人在一幢乡间别墅住了两个星期，在这段时间里，发生了一出悲剧，让原本平静安逸的假期平添了一场风波，搅乱了一个原来和睦的家族。

在这幢别墅里，有位年轻貌美的女仆爱上了另一位男仆，后来因为吃醋而投湖自尽。这个女孩并没有把心事告诉她的姐妹们，反而告诉了陪同主人前来度假的艾伦，在和艾伦聊天的时候，这个女孩曾说过想要自杀的话。

邦汀太太穿上外套准备出门，脑子里在回忆这段不愉快的经历，其中有些她是被迫参与其中的。

当时他们是在一间乡下的小旅馆为那个可怜的人验尸，还有一位男管家陪着她去，因为他也是证人。当他们穿过中庭的时候，一大群人聚在那里，大家都好奇地想知道这个年轻的女孩为何要自杀，在纯朴的乡村，这种事情也算是一桩人们乐于谈论的大新闻！

那儿的人都对艾伦很有礼貌，很客气，她坐在旧旅馆楼上的一个房间里等着，这里不但备了椅子，还有糕点和红酒，来招待证人。

她还记得被传去作证时有多惊慌，她宁可离开这个舒适的地方，也不愿站起来陈述她所知晓的伤心事。

但事情并不如她想象中那么可怕。死因裁判官彬彬有礼，态度温和，还称赞她能确实无误地把那不幸女孩告诉她的话复述一次。

艾伦还回答了一个验尸陪审员提出的问题，当时还在房间里引得围观人群发笑。他问道："艾伦·格林小姐，您不觉得应该把这女孩所说的转告给别人吗？如果告诉了别人，或许会有人及时出面阻止这个女孩投湖自杀，对不对？"艾伦却毫不留情地回答，她并不认为这女孩说要自杀的话有什么大不了的，因为她从不相信真的会有年轻女孩傻到为爱情自杀。

邦汀太太猜想她下午要出席的验尸侦讯可能和当年的大同小异。

她还记得除了验尸报告之外，谈吐温和的死因裁判官是如何一点一点逐渐引出整个事件经过的：那位她第一眼看到就倍感厌恶的男主角如何搭上另一个女人。他们念出死者亲笔留下的遗书，内容充满了对爱人移情别恋后的爱恨，令听者无不动容。陪审团十分严厉地责备这名男子，她还记得男主角离开现场时无地自容的神情。

这幅画面浮现的同时,她自己也纳闷竟然不曾向邦汀说过这件事。这是在他们结识之前发生的事,之后没有什么相关的事会让她回忆起来。

她想问问邦汀有没有参加过这种验尸侦讯,但如果现在问,邦汀肯定会怀疑她。

她在卧室走来走去。不!不会的,邦汀不会猜到的,他从来不会怀疑她。如果时间可以的话,等等,她刚才撒了谎吗?她真的准备在验尸结束后去看医生,如果时间足够的话!她不安地盘算究竟要花多长时间。由于没有什么新发现,验尸应该是非常正式而且简短的吧?

她这一趟目标明确,就是去听听目击证人的叙述。曾经有几位目击者在案发不久后见过谋杀犯仓皇逃离。她强烈的好奇心让她想知道这些证人对复仇者长相的叙述。毕竟这个人已经在几个人面前露过脸,就像邦汀前两天跟钱德勒说的,复仇者又不是鬼,他一定住在某处,那里有人认识他,他不犯罪的时候就待在那儿。

她走到了起居室,脸色苍白得让丈夫吃了一惊。

"艾伦,你是该去看医生了,你看起来好像要参加葬礼一样。我陪你到车站,你是不是要搭火车?不要坐公交车去,到伊灵区很远的。"

"又来了,刚才答应我的事,你就要反悔了?"

她的语气显然有点难过和烦躁。

"我没有忘记房客!但你一个人行吗?艾伦,为什么不等明天让黛西陪你去?"

"我喜欢用自己的方式处理自己的事,不喜欢受别人控制!"她的语气比刚才温和,因为邦汀看起来真的很关心她,而且她的确身体不舒服,"老头子,我没事的。别担心。"

她在长外套上罩了一件黑色披肩,转身出了大门。

丈夫对她这么好,她却欺瞒他,这让她感到愧疚。但又能怎么办呢?难道要邦汀和她一起承受心头的重担吗?虽然有时候她快崩溃,很想一吐为快,把心中的疑虑说出来,但她还是没有这样做。

外面新鲜的空气令她觉得舒服多了。过去几天来,她一直足不出户,生怕家里没人,另一方面也不愿让邦汀直接和房客接触。

她在走到地铁车站时停了一下。前往圣潘卡拉有两种方法,搭公交车或坐地铁,她选择了后者。站在地铁站之前,她的目光被地摊报纸上的几个大字吸引住了:

复仇者

她将黑色披肩拉得更紧了。四周有许多人过去买报纸,但她并没有买,因为平时很少读报。今天邦汀带回的报纸上那些密密麻麻的小字,让她的眼睛到现在都不舒服。

最后,她慢慢转身进了地铁站。

邦汀太太运气很好,她坐的第三节车厢除了她还坐了一位巡官,整个车厢都是空的。车子离站后,她鼓起勇气问了一个问题,一个她知道必须在几分钟内请教别人的问题。

"您能不能告诉我,"她压低了声音,"验尸侦讯在什么地方进行?"她润了润嘴唇停了一会,又说:"在国王十字街附近吗?"

这人转头仔细看了看她。她实在不像那种为了好玩而参加验尸侦讯的伦敦人。这位丧偶的巡官特别注意到她整洁的黑色衣裙和帽子下那张苍白素净的脸。

他好意地说:

"我正好要去陪审团那儿,您可以与我一道去。今天复仇者案的验尸侦讯也在那儿进行,所以我想他们对其他的一般案件另有安排!"他又接着说:"去参加复仇者验尸侦讯的人多得不得了,已经有许多凭票入场的人没位子,更不要说普通民众了。"

"我就是要去那里。"

她好不容易挤出这句话。她觉得说出来很不好意思,像她这样看来端庄的妇人竟然要去看验尸侦讯。

经过这几天的担心和恐惧,她的思维变得更敏锐了,从眼前这位陌生朋友漠然的表情中,她察觉在他眼中,自己就是个好奇心强、爱凑热闹的妇女。不过她确实是这样!

"我是为着某个原因去的。"

她喃喃自语道,面对陌生人,这样说也让她心里的负担减轻了一些。

他若有所思地回答:

"我猜你是被害人夫家的亲属?"

邦汀太太一言不发。

"是去作证吗?"

他转头看着邦汀太太,似乎比刚才更专注地看着她。

"噢!不是!"

她的声音里带着恐惧。这位巡官觉得很抱歉,露出了一丝同情:

"我想,您有好一阵子没见到她了?"

"其实从没见过她,我是从乡下来的,"邦汀太太突然灵机一动脱口而出,但又匆忙地纠正道,"至少,以前是。"

"他会来吗?"

她愣愣地看着他,不知道对方说的他是谁。

"我是说她的丈夫,"巡官补充说,"我为她的丈夫感到遗憾,尤其是第二个被害人,她丈夫几乎要崩溃了,她嗜酒之前一直是个贤妻良母。"

邦汀太太叹息道:

"是啊!"

过了一会儿,他又问:

"您认识法庭上其他的人吗?"

她摇摇头。

"不要担心,我会带着您,您一个人进不去的。"他说。

他们走出车厢。让一个穿着制服的人照顾,这种感觉真好!整个经过对邦汀太太而言如同做梦一样!

"如果他知道我知道的事，不知道会怎么样？"她跟着这位魁梧的巡官向前走，心里则在问自己。

"不会太远的，大约三分钟吧！"他突然问，"我走得会不会太快了？"

"噢，不，一点也不。我走得也很快。"

他们走到转角，见到一大群男男女女挤得水泄不通，所有的人目光都落在一座高墙下的小门上，真是戒备森严啊！

"您最好挽着我的手臂，"巡官建议道，"请让一让！让一让！"他威严地喊着，领着邦汀太太穿过人群，人们见到着制服的巡官便让开了一条通道。他微笑着说："您很幸运能遇见我，否则你连门都进不去呢！"

小门开了条缝，他们沿着一条砌着石头的小路走进方形的庭院，有几个人在那里抽烟。在进庭院尽头的建筑物之前，邦汀太太的新朋友看了看表，说："还有二十分钟才开始。"他用大拇指指着法庭右边一间低矮的房子，低声问："那是太平间，去看看？"

"噢，不！"她极害怕地回答。

他同情地看着眼前这位妇人，对她更加尊重了。她既善良又可敬，不像其他人都是因为自己病态的好奇心才来到这里。她是出于责任心。他认定了这位妇人就是被害人丈夫的姐妹。

他们来到房间大厅，许多人都在高声交谈。

"我想您最好坐这儿，"他领着邦汀太太走向白墙边的长椅，"除非您想和证人坐一起。"

"不了！"她赶忙回答，然后吃力地问道，"我是不是现在就得进去？否则待会儿里面就坐满了。"

"不用担心，"他和善地说，"我会帮您找个好位置，现在我得离开一分钟，待会儿回来招呼您。"

她掀起刚才穿过人群时拉下的面纱，看了看周围。

许多衣着光鲜、戴着高礼帽的男士站在周围，不少人看起来都眼熟。她很快认出其中一位，那是个记者，由于他睿智、充满生气的脸经常出现在一种发剂的广告中，所以邦汀太太印象深刻。这位绅士是人群谈话的中心，他一开口，大家都毕恭毕敬地听着。邦汀太太知道今天在场的人物都大有来头。

真是不可思议！一位看不见的神秘人物竟能把伦敦各地的重要人物齐聚一堂，让他们在这种大冷天里撇开各自的重要工作，老远跑来这里。他们的想法、言论都在围绕这名自称复仇者的可怕人物。而就在不远的某个地方，这个复仇者依然在继续行凶，让这些聪明、机智、训练有素的人身心都疲于奔命。

邦汀太太坐在那儿，没有人特别注意到她。她心想，自己出现在这些人中间，真是讽刺啊。

第十九章　法庭侦讯

邦汀太太感觉自己坐了很久,但其实也才过了十五分钟而已,她的朋友终于回来了。

"赶紧进去吧!就要开始了。"他低声说。

她紧跟其后,走过一条通道,上了陡峭的石阶,进了法庭。

这法庭是个宽敞明亮、光线充足的房间,像是礼拜堂,尤其是周围的弧形通廊;这里今天特别开放给一般大众,里面已经坐得满满当当。

邦汀太太怯生生地看着一排排挤在一起的面孔,很庆幸自己遇见这位巡官,否则她就是想尽办法也进不来。门一开,这些人就拼命地连推带挤地拥进来,她是不可能这样做的。

人群里只有少数几位是女性,她们都来自不同的阶层,但对耸人听闻事件的喜爱以及不达目的不罢休的劲头是一样的。这里头的人男性占大多数,他们也是伦敦各阶层的代表。

法庭的中央像是个舞台,比四周低几级台阶,在离陪审团不远的地方,有三女四男七个人,他们被集中在一个类似大包厢的地方。

"您看见证人了吗?"

巡官轻声说道,指给她看,觉得她应该认识其中一个,而且还相当熟悉,但邦汀太太没有任何反应。

在窗户中间,面向房间的位置有个小高台,上面摆着一张桌子和扶椅。邦汀太太立刻猜到那是法医的座位。左边还有个给证人站上去的高台,比陪审团的高出许多。

整个场面看来庄严肃穆,与她多年前参加的验尸侦讯非常不同。当时是在一间乡下旅馆,那是一个晴朗的四月天,死因裁判官和陪审团坐在相同的高度,证人说话时只需按顺序向前站出来。

她环顾四周,要她站上像证人席那样高的高台说话,她肯定会吓死,她同情地看着坐在长椅上的七名证人。

但是她很快就发现刚才的同情是多余的。其实每位女证人都是一副迫不及待要一吐为快的样子,她们很高兴能成为众人瞩目的焦点。就像一出惊险戏剧,每个人都乐于扮演自己虽然低微却又重要的角色,而这出戏正吸引全伦敦,甚至全世界的瞩目。

邦汀太太看着这几个女人,分不清她们的角色。是那个看起来邋遢的年轻女人说她在案发十秒内看见过复仇者吗?还是这个女人听见被害人的叫声后,冲到窗户旁,看到大雾中迅速逃走的凶手的背影吗?

还有另一个女人详尽地描述了复仇者的长相,说他在离开的时候曾经与她擦肩而过。

这两位女子被反复仔细地询问,不只是警方询问她们,还有伦敦报界的代表。然而，她们的说词却大相径庭。官方根据她们描述相同的部分，概括整理出了复仇者的长相，是一名相貌英俊、年约二十八岁的男子，手上还拿着报纸包着的包裹。

第三位女子是死者的旧识，也是她的好友。

邦汀太太的目光离开证人，落在另一个让她觉得陌生的景象上：从死因裁判官所坐的高台旁有一张溅满墨水的桌子一直延伸到木制栏杆的出入口，贯穿了整个中央区域，非常突出。刚才她坐下来时，只有三个人坐在那张桌子边画素描，现在每张椅子上都坐着疲惫、但显得很聪明的人，它们手上拿着笔记本或几张纸正忙着写写画画。

"这些人是记者，"她的朋友说，"他们要到最后才会离席，所以不到最后一分钟不进场。一般的验尸侦讯只有两三名记者出席，但是现在几乎全英国的每家报社都派了记者来这里抢新闻。"他看着法庭中间的地方，若有所思地说："我看看能不能帮您……"说着，他和死因裁判官的书记员打招呼，"您能不能让这位女士坐在这边的一角，她是被害人的家属……"

他低声说了两句，对方同情地点点头，还好奇地看了她一眼。

"就让她坐这儿吧，今天只有七名证人，这里没人坐！"

他好心地让她坐在证人对面的空椅子上，这七名证人或站或坐，一副有备而来、跃跃欲试的样子。

众人的目光有一阵都落在了邦汀太太身上，但是他们很快就发现她与此案无关，显然也只是个观众，只不过她比别人幸运，有个"法庭的朋友"，因此可以舒服地坐在位子上，不必与其他人挤着站在一边。

但她并没有独坐多久,很快,有几个看起来很重要的人坐到她旁边的椅子上。这些人就是刚才她在楼下见过的那些绅士,其中有两三个,包括一位看起来很面熟的作家,还被安排去了记者席。

"死因裁判官就位!"

程序开始。陪审团全体起立,接着坐下,全场一片肃静。

接下来发生的事情让邦汀太太回想起多年前在那家乡村小旅馆中举行的非正式验尸侦讯。

首先,一个年老的诺尔曼法国人大声提醒大家肃静。

十四位陪审团员再度起立,举手宣誓,庄严地念着誓词。

接着,死因裁判官和书记员交换了文件。

一切就绪了。陪审团之前已看过尸体,侦讯即将开始。

全场鸦雀无声,死因裁判官开口说话了,他是位看起来很聪明的绅士,比邦汀太太想象的要年轻,他先对这神秘骇人的复仇者案件做了简短的背景说明。

死因裁判官言语清晰,随着发言进行,他对自己的工作愈发热情。他说自己曾经参加过上一起复仇者谋杀案的验尸侦讯,"当时是出于职业上的好奇心。"他继续说道,"没想到也有这么一天,这些不幸者的验尸侦讯会在我的法庭举行。"尽管这些都是大家早已知道的事情。

邦汀太太听见坐在身旁一位年纪稍大的男士对另一人说:

"他这个人很爱闲扯,显然时间太多了。"

而另一人也低声回答，但因为声音太小，邦汀太太几乎只听见他说：

"……是啊！是啊！不过他人不错。我认识他父亲，我们是校友。他工作很认真，不管怎么说，今天他挺卖力的。"

她仔细听着，期望能听到一两句能消除她内心的恐惧，或者证实她的忧虑的话。但是她想要听的话始终没人说出来。

在冗长的陈述结束后，死因裁判官说了一段听起来似乎有无限含意、但又似乎毫无意义的话：

"我们希望今天能够获得有力证据，让警方能早日逮住这个连续犯下恐怖罪行，而且还在继续为非作歹的罪犯。"

邦汀太太不安地看着死因裁判官坚毅果断的面孔，这话是什么意思？难道还有什么新证据被忽视了？她正在思考时，心里突然咯噔一下，因为这时有位高大的男子站上证人席。他是位警察，刚才并没有和其他证人坐在一起。

她很快镇定下来。这位证人不过是那个第一个发现尸体的警察。他把十天前在那个寒冷、多雾的早晨所看见的一切详细地报告了一遍，语速很快，而且很专业。现场为他准备了一张图表，他边说边用他肥胖的指头点出案发地点。就是这个地方——不，他弄错了，这是另一具尸体发现的地点，他赶紧道歉，说他弄混了约汉娜·可贝和苏菲·贺多的尸体。

死因裁判官威严地插了一句：

"为达到这次验尸侦讯的目的，我们必须暂时将两件谋杀案合并思考。"

听了这句话，这位证人自在多了，继续以快速而单调的语气叙述。邦汀太太突然感受到复仇者给社会带来的极度震撼和不安。

她之前很少想到受害人，她满脑子想的都是复仇者以及那些要抓捕他的人。而现在她很难过自己来到这里。她怀疑自己能否将警察的话忘掉，从记忆中把这一幕抹去。

法庭又是一阵小小的骚动，那位警察走下台阶，一位女证人跟着上了台。

邦汀太太同情地看着她。当年她就像这位女人一样紧张得发抖。几分钟前，她还一副很兴奋的样子，现在却脸色发白，简直就像一只被活捉的、惊慌地四下张望的小动物。

幸好死因裁判官的态度很温和，和她曾经遇到的那个一样。

证人在念了誓词后，就开始一字一句地陈述。这个女人说她是从卧室的窗户看见复仇者的。说着说着，她更有自信了，她说她是在睡梦中被一声长长的尖叫惊醒，然后立刻跳下床跑到窗边的。

死因裁判官低头看了看他桌上的东西：

"让我看看这张图。您所租的房子正好面对双尸案的巷子。"

现场一阵讨论声，这房子并非正对着巷子，而是证人的卧室窗口朝着巷子。

"这点无关紧要，"死因裁判官接着说，"现在您尽量详细地告诉我们当时所见的情形。"

众人顿时鸦雀无声。这女人比刚才更笃定地说：

"我看到他了,这辈子都不会忘记他的样子。"

邦汀太太突然想起报上报道了这个证人楼下邻居的话。这个邻居不友善地表示,她认为丽兹·可儿那晚根本没起床,她的话是捏造的。说话的人表示她那晚在照顾生病的小孩,一直没有睡着,如果真有丽兹·可儿描述的那种尖叫声,她应该会听见,也会听到她跳下床的声音。

"我们充分了解到您认为自己见到了刚作完案的嫌犯,"死因裁判官稍微犹豫了一下,"但我们希望您能更清楚地描述他的样子。虽然当时雾很浓,但您说您很清楚地看到他在您的窗下走了几码远。现在请您告诉我们他的样子。"

这女人开始扭转着手里的花色手帕。

"从头慢慢说!"死因裁判官极有耐心地说,"您看见他慌忙逃走时,头上戴的什么帽子?"

"只是顶黑色的帽子。"证人以不安的语气说。

"只是一顶黑帽子。那么外套呢?您有没有看到他穿的是什么外套?"

"他没穿外套,"她坚定地说,"我记得很清楚,他根本没穿外套!因为当时我觉得很奇怪,外面那么冷,是人都会穿件外套的。"

一位刚才在看报纸的陪审团员显然没有完全听讲她话,他突然举手站了起来。

"有什么问题?"死因裁判官问这名陪审员。

"我想说明一点。这位证人如果就是丽兹·可儿的话,那么案发初期她说过，复仇者穿着外套，一件又大又厚的外套。我是在报纸上看到的。"

"我从没说过这话！"这女子激动地说，"是《太阳晚报》的人要我这样说，好让他登在报上，这根本不是我的话。"

这番话引来了一阵哄堂大笑。

死因裁判官严肃地对这位已经坐下来的陪审员说：

"以后您还有问题，必须先通过陪审团主席，而且等我询问证人结束之后才能问。"

刚才的这段插曲，几乎等同于控告的话显然让证人很不安。她开始自相矛盾：她看见匆忙离去的这位男子身材很高——不，他又矮又瘦——不，挺壮的，至于手里有没有东西，又在现场引发了一番争论。

证人肯定地说她看见这人腋下夹着报纸，里面包着东西，从背后看来鼓鼓的。但事实证明她曾明确地告诉过第一位给她做笔录的警察，这人手中并没有拿任何东西，而且他还见过他的手臂在上下摆动。

丽兹·可儿突然又说，当他从窗下走过时还抬头看了她——这倒是个新鲜说词。

"他抬头看到您了？"死因裁判官重复道，"可您在之前的问话中并未提及。"

"因为我那时吓得半死，所以没说。"

"我们都知道当时天色很暗，雾又大，如果您真的看到他的脸，请告诉我长什么样。"

死因裁判官说完，手随意地摆在桌上。现场已经没有人相信这名证人的话了。

"很黑。"她出人意料地回答。"他的皮肤很黑，有点像黑人的肤色。"

现场又是一阵哄笑，连陪审员也笑了。死因裁判官要丽兹·可儿坐下。

现在轮到下一位证人，大家将注意力转移到了新证人身上。

这位老妇人年纪较大，看上去很安静，她身着黑色衣裙，举止相当得体。她的丈夫在距离这巷子约一百码的仓库当夜班守卫，通常在凌晨一点左右，她都会给丈夫送些吃的过去。那个人经过她旁边时喘着气，脚步很快，因为她很少在这个时间碰到人，而且这个人的神情很不寻常，所以她有特别留意。

邦汀太太仔细地听着，得知官方公布的凶手外形大都是根据这位证人的证词得来的，而这些描述让艾伦轻松了不少。

她说话时语气平静，充满自信，而且还提到他还带着报纸包了东西。

"包裹很整齐，而且用细绳绑着。"

她心想像这样穿着体面的年轻人却带着这样的包裹，这很奇怪，所以她注意到了这点，但她也表示，说虽然这条路她很熟，但夜间雾色很浓的时候，她自己也怕迷路。

第三位妇人一上台就不停叹气，泪如泉涌，显然与死者是旧相识，引来了现场众人同情的目光，但是她说的话对调查毫无帮助。她说这位朋友约汉娜·可贝不喝酒时是位善良端庄的人。

| 179

死因裁判官对她以及下一位证人，也就是约汉娜·可贝的丈夫的问话都尽量简短。约汉娜的丈夫是个相貌堂堂的男人，在克若登的一家公司当主管，由于工作很忙，他已两年没见过妻子了，最近半年都没听到她的消息。在她开始酗酒前，她一直是位好妻子、好母亲。

当被害人的父亲站上证人席时，现场众人又纷纷露出了同情的眼神；任何一个有感情的人听了被害人父亲说的话都会为之黯然神伤。比起女婿，这位父亲显然更了解女儿的情况，但对谋杀案的调查也完全没有帮助。

下一个证人是那晚为两位女士提供服务的酒保，他自信地迅速走上台，但庭上让他的发言草草结束，弄得这个证人下台时表情有点沮丧。

接着发生的事完全出乎大家的意料，各家晚报都进行了大肆报导，但死因裁判官和陪审团不怎么重视。

当七位证人都说完了，整个程序暂告一段落时，一位坐在邦汀太太旁边的男子低声说：

"他们现在要传甘特医生，过去三十年来，他一直都有参与重大谋杀案的调查工作，他发现了一些特殊情况，我就是为了听他讲话才来的。"

甘特医生刚要从死因裁判官旁边的座位站起来，人群中一阵骚动，尤其是靠着矮木门附近的人。这道低矮的木门是用来隔离法庭和通道的。

死因裁判官的书记员给他递上了一个信封。现场顿时安静了

下来。死因裁判官狐疑地打开信封,看了看里面的便条,然后抬起头:

"布能先生,这位是布能先生吗?"他不太确定再次低头看了看纸条,"请上前来。"

观众席上一阵窃笑,死因裁判官皱了皱眉头。

一位穿着毛呢外套、面色红润、蓄着白须的老人从群众中起立,走上证人台。他衣着整齐,看起来自信满满。

"次序有些颠倒。布能先生,您应该在程序进行之前传这张纸条给我,"死因裁判官接着对陪审员说,"这位先生说他有一些关系本案的重大消息要透露。"

"我一直保持沉默,把所知道的事情隐藏在心底,"布能先生颤抖地说,"因为我很怕媒体,我知道一旦我说了什么,即便只是向警方说,结果也是自己的房子被大群记者包围。我的太太不能受任何惊吓,我担心会把她给吓坏,所以不希望她读到这些报道。幸好,有位训练有素的护士照顾她……"

死因裁判官有点后悔叫他上台,于是马上打断说:

"现在请您宣誓。"

布能先生庄严地宣了誓,前几个人倒是没有这样的态度。

"我有话要对陪审团说。"

"您暂时不可以,"死因裁判官打断他,"现在,请对着我说,您在信中提到您知道谁是这——"

"复仇者。"布能先生立刻接道。

"——罪案的主谋。您还提到在案发当晚,您遇见了他?"

| 181

"是的。"布能先生胸有成竹地说,"虽然我自己身体很好,"他环顾四周被他吊起了胃口、现在全神贯注倾听的民众,"但我命中注定要和生病的人牵扯不清,我的朋友都病了。抱歉,得先把这些私事说明一下,才能解释为什么我半夜一点还要出门。"

又是一阵窃笑,连陪审团都忍不住咧嘴笑了。证人继续严肃地说:

"我有个生病的朋友,应该说当时奄奄一息的朋友,现在他已经过世了。先生,在便条纸上写有我的住址,但现在我不会讲出来。您知道,当天我在回家的路上经过丽池公园时,准确地说,大约在泰伦王子区的中间,有一个长相很奇特的人跟我搭讪。"

邦汀太太抱着双臂,一股致命的悚惧感迎面袭来。她喃喃自语地说:"千万别昏倒,千万别昏倒,这事跟我没关系!"她拿出嗅盐深吸了一下。

"这个陌生人表情冷酷而憔悴,长相颇奇怪。他看起来受过相当好的教育,仿佛是个绅士。我注意到他是在大声地自言自语,像是在念诗。我当时根本没有联想到复仇者,以为眼前这人是个逃出来的疯子。丽池公园,不用我说,是那一带附近最安静的地方。"

旁听席上有个人突然大笑一声。

"先生,我请求您,"这位老绅士突然大声地说,"请您不要让别人也对我做出这种轻浮的举动。如果我不是想到要尽公民的义务,我也不会来这里。"

"我必须要求您不要跑题,"死因裁判官冷淡地说,"时间过得很快,我还得传唤另一位重要证人。请您长话短说,为什么会认为这位陌生人是……"自从开庭到现在,他第一次吃力地念出这个名字,"复仇者?"

布能先生忙说:

"我正要说呢!请再忍一下。那晚雾很浓,但还没有后来那么浓。我和那人正好擦身而过,他当时正在大声地自言自语,突然转身向着我,我觉得很奇怪而且不舒服,尤其他脸上的表情很狂乱。我尽可能和颜悦色地说:'今晚雾很浓啊,先生。'他回答说:'是啊!是啊!今晚雾很浓,很适合做些黑暗而且有益的事。'这句话相当奇怪——'黑暗而且有益的事。'"他期待地看着死因裁判官。

"噢,布能先生,这就是您要说的?您有没有看见他朝哪个方向走,比如说朝国王十字街的方向吗?"

"没有,"布能先生摇着头,"老实说我没有看见。他和我并列走了一段,过了马路就消失在了雾中。"

"可以了,"死因裁判官和善地说,"谢谢您来此告诉我们您认为非常重要的消息。"

布能先生行了一个有趣而老式的鞠躬礼,周围的人又是一阵窃笑。

他走下台的时候还看了一眼死因裁判官,张开嘴巴一副欲言又止的样子。其他人则窃窃私语,但邦汀太太清楚地听见他说:

"先生!我忘了说,这个很重要。那人左手提了个袋子,是一个浅色的皮袋，大约这么大，里面可能藏着一把长柄刀。"

邦汀太太看了看记者席，她突然想起来，她曾告诉邦汀关于斯鲁思先生的皮袋不见的事。幸亏没有记者听见布能先生这最后一句话，这让她松了一口气。

接着这位证人又举手要求发言，大家沉默了。

"还有一句话，"他颤抖着说，"可不可以给我一个位子坐，证人席上还有空位。"

未等许可，他已经走过去坐了下来。

邦汀太太抬头吃惊地看着他。她的巡官朋友弯腰对她说：

"或许您该走了，医生的证词听了会让人很难过。而且结束时会很拥挤，现在我可以送您悄悄离开。"

她起身放下帽檐的薄纱，遮住她苍白的脸，跟着他走了出去。

她走下石阶，来到了宽敞的楼下，这里现在空无一人。

"您可以走后门，我想您应该累了，回家喝杯茶吧！"

"不知道要怎样才能感谢您！"她的眼眶里噙着泪水，"您真是太好了！"

"这没什么。"他不好意思地说，"我想您一定很痛苦。"

"他们会再找那位老先生问话吗？"她低声问，期盼地看着巡官。

"天啊！不会了！这人简直疯了。我们很烦这种人，而且他们通常都有个滑稽的名字。一辈子都庸庸碌碌，到了六十岁就整天闲着没事做。这样的人在伦敦满地都是，晚上出去随便都会碰到。"

"那您认为他说的话没有任何价值?"她问。

"刚刚那个老先生?天啊!当然没有,"他嘲讽地笑了,"若不是时间不吻合,我倒认为第二个证人确实看到了嫌犯。但甘特医生肯定被害人被发现时已经死去数小时了,另两位医生也持相同的看法。但他们必须这么说,否则谁还会相信他们?如果时间许可,我会再告诉您一个由于甘特医生的误判而让嫌犯脱逃的案例。那事我们都知道是谁干的,但根据甘特医生判断的时间,这个家伙能拿出不在场证明!"

第二十章　复仇者的真面目？

由于验尸侦讯准时开始，邦汀太太出来的时候时间还早，但是她已经没有力气去伊灵区了，她觉得筋疲力尽。

邦汀太太慢慢踱步，仿佛一个老态龙钟的女人正无精打采地拖着沉重的步伐回家。她觉得呼吸新鲜空气比坐火车好多了，虽然回家会晚，但这样舒服些。现在，她有点害怕回家，因为她得编一套合理的看病经过，还有医生对她说的话。

和许多其他同阶层的人一样，邦汀很关心别人的病情。如果艾伦对他隐瞒了医生的话，邦汀会觉得受到了伤害。

邦汀太太沿路走着，似乎每个转角处都有人在兜售下午的报纸给想一睹为快的读者。

"复仇者验尸侦讯！"他们吆喝着，"最新的证据！"

人行道上铺了一排报纸，她停下来看了看。《**揭秘验尸侦讯，复仇者的真面目？**》还有其他一些讽刺性的标题：《复仇者验尸侦讯，你认识此人吗？》

这些斗大的字和标题令邦汀太太很不开心，她这辈子从没这么不舒服过，她转身走进一家酒馆，花了两便士买了杯水。

走在亮着街灯的路上,她若有所思在想的不是刚才的验尸侦讯,也不是复仇者,而是那些受害者。

她仿佛看见两具冰冷的尸体躺在太平间,似乎还有第三具,虽然它仍是冰冷僵硬,但比前两具的温度还是稍微高些,因为昨天这个时候,那个被害人还好好地活着,就像报纸上她的朋友说的,那时的她还特别地开心呢!

在这之前,邦汀太太从来都没想到过受害者,如今,这些人在她脑中挥之不去,她不知道这种鲜活的恐怖感是否会加深她原本就日夜恐惧的心灵。

快到家了,远远看见房子,她紧绷的精神突然轻松起来,这座土褐色的小房子被周围其他类似的房子保护着,似乎这样就能够守住隐藏的秘密。

复仇者的被害人从她脑海中消失了。她不再想这件事,而是只惦记邦汀和斯鲁思先生,不知道在她外出的时候,他们发生了什么事?房客有没有摇铃,如果有的话,邦汀是如何应付的?他见到邦汀的时候又有什么反应?

她慢慢地走着,内心满是回家的喜悦。她猜邦汀可能已在窗帘后面看到了她,因为她还没敲门,邦汀就打开了门。

"我担心你,"他说,"艾伦,快进来,你一定累坏了,你很少出门的,看过医生了吗?医生怎么说的?"他急切地关心着她的回答。

邦汀太太脑中突然闪过了一个念头,她不紧不慢地说:

"没看到医生,依文大夫正好不在,我等了很久,他一直都没回来。是我自己不对。"她很快补充道。她告诉自己，虽然自己有权对丈夫撒谎，但并无权去诋毁这位多年来一直很友善的医生。"我应该昨天预约一下的，不应该就这么贸然地去，以为医生会一直在那里看病。他有时候也会出诊的！"

"希望他们用茶招待了你。"他说。

她犹豫了一下，自忖如果这医生有位称职的仆人，一定会招待她喝杯茶，尤其在她表明自己与医生很熟之后。

"是啊！他们上了茶，"她的声音细若游丝，"但是，邦汀，我当时并不想喝。现在倒想喝了，能给我来杯热茶吗？"

"当然可以，"他忙说，"你进来坐下休息，亲爱的，先别急着上楼放东西，喝了茶再说。"

邦汀太太听从了他安排。

"黛西呢？"她突然问，"我以为这姑娘会在我到家之前回来。"

"她今天不会回来。"

邦汀露出了奇怪又神秘的微笑。

"她有拍电报回来吗？"她问。

"没有。是钱德勒刚到这里告诉我的。他去了那儿，你相信吗？他竟然和玛格丽特成了朋友。爱情的力量真伟大，嗯？他到那儿准备帮黛西提行李，玛格丽特却告诉他，主人给了钱请她看戏剧，问乔晚上要不要同去。结果他们一同去看了哑剧，是不是很神奇？"

"真好。"邦汀太太心不在焉地说，但她心里很高兴。"那她什么时候回来？"她耐心地问道。

"钱德勒明早好像也放假,今晚他得通宵加班。他明天一早会带黛西回来吃早餐,你觉得怎么样,艾伦?"

"好,没有问题,"她说,"我不会影响她的,毕竟年轻只有一次。对了,我不在的时候,房客有没有摇铃?"

邦汀正在烧开水,他转身回答:

"没有。说来真有趣。艾伦,我根本没想到斯鲁思先生,钱德勒回来跟我说玛格丽特的事,我们又说又笑,聊得很高兴。对了,你不在的时候,还发生了些事。"

"还发生了些事?"她吃惊地站起来走向丈夫,"发生了什么?有谁来过吗?"

"介绍所的人来了消息,问我今晚能不能去年轻女孩的生日宴会提供服务,他们的一位瑞士侍者突然离职,要我去临时代班。"

他憨厚的脸上带着胜利的微笑。自从那家伙接手邦汀朋友在贝克街生意,就对邦汀极不友善,虽然邦汀登记工作有好一段时间了,而且过去也有不少好评,但是这人从来不给他介绍工作,连一次机会都不给。

"希望你报价没有太低。"他妻子嫉妒地说。

"不,不会的,刚开始我开得比较高,这家伙看起来不太情愿,最后,他答应给我至少十二便士,我很满意。"

这对夫妇开心地笑了,他们很长一段时间都没有这么开心过了。

"你不介意一个人在家吧?我不太信任那个房客,他不太好……"

邦汀担心地看着她，会突然问这个问题也是因为艾伦最近举止很怪，跟之前不一样，否则他不会担心她一个人在家的。过去邦汀工作忙的时候，她也是独自在家。

邦汀太太怀疑地看着他：

"你认为我会害怕？当然不会啊！有什么好怕的？我向来都不怕，你问这问题到底是什么意思，邦汀？"

"噢，没什么，我只是以为你不会想一个人待在楼下。昨天钱德勒打扮成那个样子来敲门，不就把你吓得够呛？"

"如果他只是一般的陌生人，我也不会吓成那样，是他说了一些话才吓坏我的。现在，我已经好多了。"

她喝了口茶。外面传来报童叫卖的吵闹声。

邦汀抱歉地说："我现在就去看看今天验尸侦讯发生了什么事。还有，他们或许掌握了昨晚发生的恐怖案件的一些线索。钱德勒除了和我聊黛西和玛格丽特以外，还和我聊了这些。他今晚要到十二点钟才上班，看完戏后还有充裕的时间护送她们两人回去，如果时间太晚，他也会送她们上车，并付好车费。"

"为什么他今晚要上班？"邦汀太太问。

"你看啊，复仇者习惯连续作案，他们觉得今晚他会再度作案。反正乔只是值十二点到五点的班，他还是会把黛西接回来的。年轻真好，不是吗，艾伦？"

"真不敢相信他会在这样的夜晚外出！"

"什么意思？"

邦汀瞪着她看，艾伦说话很奇怪，好像是在自言自语，但语调又很激动。

"什么意思……"

她惊恐地重复着邦汀的话。刚刚她说了什么？

"为什么觉得他出去很奇怪？当然，他得出门。他还要去看戏呢，如果警察因为天冷就不出勤，那才是笑话！"

"我……我是想到了复仇者。"邦汀太太说。

她看着丈夫，有点忍不住想吐出心中的秘密。

"他才不在乎什么天气，他只是一心想要复仇。"

"这就是你对他的看法？"她看着丈夫。这个话题相当吸引她，让她很想继续说下去："你觉得他就是那个女人看见的那位？就是拿着报纸包裹经过她身旁的年轻人？"

"让我想想！"他慢条斯理地说，"你说的是那个从房间窗口看到他的女人？"

"不，不是。我是说另一个去仓库给丈夫送早餐的女人，她是两人当中比较端庄的那一个。"邦汀太太不耐烦地说。

她看见丈夫震惊得说不出话的表情，内心也慌乱起来，她一定是一时昏头才说漏了嘴。她赶忙从椅子上站起来。

"我得去准备房客的晚餐了，竟然还在这里闲扯瞎聊。今天在火车上，有人和我聊到过看到复仇者的那些目击者。"

没等邦汀回答，她很快一个人跑回房间，开灯关门。过了一会儿，她听见邦汀出门买报纸，刚才的话题让两人一时都忘了要买报纸。

她慢慢脱下轻暖的外套和披肩，不禁打了个寒颤，这个时候还这么冷，真是不正常。

她的目光落在壁炉上。壁炉现在被洗手台的架子堵住了，要是移走这架子，生起炉火会多么舒服温暖啊！尤其在今晚邦汀要外出的时候。他这会儿得换衣服了，邦汀太太不喜欢他在起居室换衣服。等邦汀出门后，她打算生炉火，让自己心情好一些。

邦汀太太知道今晚自己肯定睡不好。她看着那张舒适柔软的床，待会儿她就躺上去竖耳倾听……

她走到厨房，斯鲁思先生的晚餐差不多好了，那是在她出门前就先准备的，免得回来后措手不及。

她把餐盘斜靠在楼梯栏杆的顶端，仔细听着，尽管客厅温暖舒适，但房客坐在桌前阅读时，一定会觉得非常冷吧？然而，门后面传出来的声响有些不寻常，斯鲁思先生不像往常坐在桌子旁看书，而是不安地在房里走动着。

她敲了敲门，等了一会儿，传来钥匙在咖啡橱里转动的"喀啦"声。她顿了顿，又敲了门。

"进来！"斯鲁思先生大声说。邦汀太太开了门，拿着餐盘进了房间。"邦汀太太，您比平常早了点，是不是？"斯鲁思先生声音中似乎有些不悦。

"我倒不觉得，但我刚刚从外面回来，或许忘了算时间，我以为您会想早点用早餐？"

"早餐？您是说早餐吗，邦汀太太？"

"对不起，先生，我的意思是晚餐。"

他盯着邦汀太太看,在他深邃的眼睛里仿佛有种可怕的质问。

"您不舒服吗?"他慢慢地问,"您看起来气色不太好,邦汀太太。"

"是的,先生,我不太舒服。下午才去伊灵区看了大夫。"

"邦汀太太,希望大夫能帮得上您。"房客的语气柔和了不少。

邦汀太太逃避似地说:

"每次看完医生,我都会好一些。"

斯鲁思先生露出了奇怪的笑容。

"医生是披了狼皮的羊,"他说,"很高兴您为他们说好话。他们已尽了力,邦汀太太,人总是会犯错的!我相信他们已尽了全力。"

"这点我确信,先生。"她真诚地说。

医生们一向对她很好,甚至可以说非常慷慨大方呢!

接着,她铺了桌布,摆上热腾腾的食物,然后走向门口。

"这里越来越冷了,要不我给您多带点煤炭上来?这样的夜晚还要出去真是惨……"她漫不经心地看着他。

这时斯鲁思先生做了一件令她错愕的事,他把椅子往后一推,跳了起来,笔直地站在她面前。

"这是什么意思?"他结结巴巴地说,"邦汀太太,您为什么这样说?"

她瞪着斯鲁思先生,不知所措地愣在那里。房客露出了狐疑的表情。

"我是想到邦汀，他今晚有份工作，要在一个女孩的生日宴会上提供服务，他不得不外出，衣服又那么单薄，真是可怜。"她灵机一动地说出这番话。

斯鲁思先生似乎得到了抚慰，又坐了下来，说：

"唉，真抱歉！希望您丈夫不要感冒，邦汀太太。"

她关了门，走下楼去。

没有告诉邦汀，她自己就将沉重的洗手台移到一边，生起了炉火。

然后，她得意洋洋地叫邦汀进来。

"该换衣服了，"她高兴地说，"我帮你生了火，这样就不冷了。"

邦汀不停地嗔怪妻子不必这么浪费。

"我自己也觉得很舒服，而且在你外出时我就会觉得有人陪了。您回来的时候，房间也是舒适温暖的。这种天气走一小段路都让人扛不住。"

丈夫换衣服的时候，邦汀太太上楼收拾斯鲁思先生的晚餐。

房客沉默地让她收拾。

斯鲁思先生与平常不太一样，他一个人远远地坐着，双手放在膝上，盯着燃烧的炉火。他看起来异常落寞，不知为什么，邦汀太太突然觉得心里涌出来一股悲悯的忧思。他是这么、这么地……她搜肠刮肚也只能找到"温文儒雅"一词来形容他。他是一个如此和蔼、文雅的绅士。最近他身上的钱愈来愈少了，简单算一下，她心里也明白这些钱都交给了她，但斯鲁思先生从来不吝惜在食物上的花费，该付的钱他从来不少给。

邦汀太太有点难过，因为房客很少用到楼上的房间，但他很慷慨地多付了房租，要是贝克街那讨厌的家伙能多给邦汀介绍份工作，这还是很有可能的，因为那人与邦汀已经和好，而邦汀又是一个训练有素、经验丰富的侍者，要是果真如此，邦汀太太打算降低斯鲁思先生的房租。

她对斯鲁思先生佝偻的背感到揪心。

"晚安，先生。"她终于说。斯鲁思先生转过身来，脸色看来很忧郁。"希望您能睡个好觉。"

"会的，不过我或许会先散个步，这是我的习惯，邦汀太太，看了一整天的书，我想活动活动。"

"我今晚可不会出去，大冷天不适合外出。"她不以为然地说。

"不过……不过……"他盯着她说，"今晚街上可能会有很多人。"

"恐怕比往常多呢！"

"真的？"斯鲁思先生很快接过话道，"邦汀太太，这不是很奇怪吗？人们花一整天娱乐还不够，晚上还要出来狂欢。"

"噢！我指的不是出来狂欢的人，先生，我指的是……"

她犹豫了一下，好不容易说出了"警察"二字。

"警察？"房客举着右手托腮，一副很紧张的样子，"只是，人又算什么？和上帝相比，人的力量简直微不足道。"

195

斯鲁思先生看着房东太太，似乎露出了得意的笑容。邦汀太太松了口气，看来，她没有冒犯到房客，她刚才具有暗示的话并没惹他生气。

"您说得一点儿都没错，先生，"她恭敬地道，"但是上帝也要我们自己保护自己。"

说完她带上房门，走下楼去。她并没有直接去厨房，而是去了起居室，将餐盘中剩下的食物放在桌上，她并不在乎明天邦汀回来看到这个会怎么想。忙完后，她关掉了走道和起居室的灯，然后走回卧室，关上了门。

壁炉里的火把屋子照得通亮，她跟自己说不必再点灯了。

但一上床，她又心神不宁起来，辗转反侧睡不着。可能是火光在墙上照出许多影子让她难以入睡。

她躺在床上，边听边想。突然灵机一动，她从邦汀放在隔壁房间的侦探小说里拿了一本，坐起来看。

人们总说坐在床上读书是不对的，但她现在根本不管这个。

火焰为什么会诡异地上下跳动？邦汀太太看了一会儿，终于打起了瞌睡。

突然，她从睡梦中惊醒，发现火快烧尽了，这时耳边响起十一点四十五分的钟声，她也听见了睡前一直在等待的声音，那是斯鲁思先生的声音。他穿着橡胶鞋轻手轻脚地走下了楼梯，沿着通道出去，轻轻地关上了前门。

第二十一章　疑团重重

这个夜晚真是寒冷，外面风雪交加，在这样的寒夜，人们都会待在家里。

邦汀高高兴兴地完成了工作，走在回家的路上。今晚真是运气好，一切都出乎他的意料，活动的主角，那位年轻的女子正好在这一天继承了一笔财富，因此慷慨地给了每位侍者一块金币。

接到礼物的时候，他还听到几句暖心的话，让邦汀很开心，更加肯定了他恪守传统的原则——那就是安静、保守和自律。

但邦汀没法真的快乐起来，他心里对妻子近日来的改变非常不解。艾伦变得很容易紧张，常常让他不知所措，她的脾气一直以来都不好，但也没有像这样过。更糟糕的是，她非但没有好转，反而越来越严重，经常莫名其妙地歇斯底里。就拿乔开玩笑的事来说吧，艾伦很清楚乔经常必须伪装，但她的反应就像个十足的傻瓜，一点都不像大家认识的艾伦。

还有一件奇怪的事更让邦汀困惑。过去三个星期以来，艾伦经常说梦话，她总是惊恐地大叫："不！不！这不是真的，这只是个谎言。"微弱的声音中还带着恐惧。

这么冷的天，他居然忘了戴手套，真是太粗心了！

他把手插在口袋里保暖，同时加快了步伐。

他远远瞥见斯鲁思先生高瘦的身影出现在对面的街道上。这条街道是围绕丽池公园主干道的一条支路。

这个时候还出来散步，真是奇怪！

从对面望去，邦汀注意到斯鲁思先生高大瘦削的身影有些驼背，低着头。他左手藏在长长的大斗篷里，另一侧则微微鼓起，看起来像是携带了一个包裹之类的东西。

斯鲁思先生走得很快，而且还大声说着话。一个独居的绅士有这种举动，邦汀倒不觉得奇怪。斯鲁思先生显然并没有看见邦汀。

邦汀心想，艾伦说得没错，这位房客确实古怪，但这个人改变了他们夫妇的生活，让他们经济稳定、生活舒适。

他又看了街对面的斯鲁思先生一眼，再次告诉自己，这位理想的房客有个毛病，就是非常讨厌吃肉；但这也没什么，有些素食主义者连蛋和芝士都不吃，他的情况还算合乎常理的！

其实，邦汀对这位房客的了解还不如他的妻子，自从斯鲁思先生搬来，他只上去过三四回，而且每次邦汀亲自送餐时，房客都沉默不语，这位房客显然不喜欢他们未经同意就进他的房间。

现在倒是个和他交流的好机会，能在这看见房客，邦汀感到很高兴。

他穿过马路，快步赶上斯鲁思先生，但是他走得越快，对方似乎也走得更快，丝毫没有想回过头看看后面是谁。

后来邦汀想到，为什么他一直没听见斯鲁思先生的脚步声？真是奇怪，难道他穿了胶底鞋？但他从来没有帮他擦过胶底鞋，他还以为房客只有一双外出穿的靴子！

这两人一前一后进了马里波恩街，现在离家只有几百码，邦汀鼓起勇气叫他，回声在凝结的空气中回荡。

"斯鲁思先生！斯鲁思先生！"

房客停下脚步，转头看了一眼。他刚才走得很快，而且因为身体状况欠佳，脸上满是虚汗。

"啊！邦汀先生，原来是您，我听见后面有脚步紧跟，所以才走得快，没有想到居然是您。伦敦街道晚上常有很多奇怪的人。"

"今晚还好，只有必须外出办事的老实人才会出门。今天很冷呢，先生。"

邦汀突然有个疑问，斯鲁思先生为什么要在天气这么恶劣的夜晚出门？

"冷吗？"房客重复着，他有点喘，薄薄的嘴唇很快地说道，"我不觉得冷，邦汀先生，下雪的时候，空气总是比较温暖的。"

"是啊！先生。但今晚还刮着东风，真是刺骨，还好走快点会让你觉得温暖一些。"

邦汀注意到斯鲁思先生与他保持着一段距离，他几乎要走到人行道边缘了，仿佛把靠墙的路面全让给了邦汀。他突然说：

"我迷路了。刚刚穿过普林洛斯山去看一位朋友，这人是我少年时的同学，在回来时我就迷了路。"

| 199

他们走到前院的小门，这道门从未上锁。

斯鲁思先生突然快步向前推开门，沿着院中小径走进去，邦汀赶忙从旁抢到他前面，为他开大门。

他走过斯鲁思时，邦汀的左臂轻轻擦到了房客的大斗篷，他大吃一惊，因为他碰到的部分又湿又黏。

邦汀左手从口袋里掏出钥匙开门。

两人一起进了大厅。

比起亮着灯的外面，屋子里似乎漆黑一片，邦汀走在前面，后面跟着斯鲁思先生，他突然感到有一种死亡的恐惧，本能地感应到有一种恐怖的危险在迫近。

前妻空洞的声音在耳边响起："保重啊！"但她去世很久了，邦汀很少想到她。

房客开口说话了，声音虽然不大，但听起来相当刺耳。

"邦汀先生，您是不是发现我外套上有什么脏东西？说来话长，刚才我碰到了动物的尸体，这动物就被放在普林洛斯山的一把长椅子上。"

"没有，先生，我没有发现，也没有碰到您，"似乎有个声音要他撒个小谎，"先生，现在我得向您道晚安了。"

他退了一步，紧紧地靠墙而立，让对方走过。

过了一会儿，他才听到斯鲁思先生用空洞的声音回答："晚安！"

等到房客上楼，邦汀才开灯坐在大厅里，他觉得很怪异。

一直到斯鲁思先生关上房门，他才把左手从口袋里拿出来，好奇地看了看，结果发现手上竟沾了鲜红的血迹。

他脱掉靴子慢慢进了房间，妻子已经熟睡。他蹑手蹑脚地走到洗手台旁，轻轻将手放进水罐。

"你在干什么？到底在搞什么？"

床上传来一阵声音，邦汀心里涌起了一点罪恶感。

"我只是在洗手。"

"洗手？没听过谁这样洗手的，把手放在我明天洗脸要用的清水里。"

"对不起，艾伦，我会把水倒掉，别担心你会用到脏水。"

她没再搭腔，邦汀开始脱衣服。邦汀太太躺在床上瞪着他看，让他觉得更加别扭了。

他躺上了床，为了打破这令人窒息的沉默，他打算告诉妻子年轻女孩给了他金币的事，但此刻，这金币已仿佛像在路边捡到的四分之一便士，没有多大价值了。还没待他开口，邦汀太太先说话了：

"我想你忘了关大厅的灯了，真是浪费钱！"

她还真是观察细致！

邦汀痛苦地起身开门走过通廊。确实像妻子说的，灯还亮着，真是浪费钱！浪费斯鲁思先生的钱。

邦汀关了灯，摸黑回房爬上床。两人没再说话，睁眼直到破晓才慢慢睡着。

第二天早晨，邦汀突然惊醒，觉得四肢出奇地沉重，眼皮都睁不开。

他拉出枕头下的手表看了看，已经七点了。在没有惊动妻子的情况下，他悄悄起身将窗帘拉到一侧，外头正下着大雪。这样的大雪天，伦敦市安静得出奇。

穿好衣服走出房间，报纸和往常一样丢在了门垫上，也许是报纸塞入信箱后再掉落地面的声音吵醒了他吧！

他捡起报纸，进了居室，然后小心翼翼地关上门，将报纸摊在桌上读了起来。

邦汀抬头坐直了身子，松了口气，原本他以为会出现在报上的新闻并没有出现。

第二十二章　邦汀的发现

邦汀的心情轻松了起来,他愉快地生了炉火,为妻子准备早茶。

他突然听见妻子有气无力的叫声:

"邦汀!邦汀!"

他急忙回到卧室:

"什么事,亲爱的?茶马上就好了。"

他咧嘴傻笑着。她坐直了身子,茫然地看着丈夫。

"你在笑什么?"她不解地问。

"我走运了,"邦汀解释道,"但昨晚你在发脾气,所以没敢告诉你。"

"噢,现在告诉我吧!"她低声说。

"昨天的那个年轻女孩给了我一枚金币,她获得了一笔遗产,因此给每位侍者都送了一枚金币。"

邦汀太太什么都没说,只是向后一躺,闭上了眼睛。

"黛西什么时候回来?"她慵懒地问,"昨天你没告诉我乔要什么时候去接她。"

"没有吗？我想他们会回来用餐吧。"

"我在想，不知老姨妈希望我们留她多久？"邦汀太太若有所思地说。

邦汀的脸色突然变得阴沉而愤怒。难道他不能让自己的女儿留在身边久一点吗？他们现在经济情况好转了啊！

"黛西想待多久，她就能待多久，"他简短地说，"艾伦，没想到你竟然说出这种话，她在这里竭尽全力地帮你，也给我们的生活增添了不少乐趣；而且她正在和钱德勒交往，你这么说实在太无情了。"

邦汀太太没有回答。

邦汀起身走回起居室。水已经烧开，他泡了茶。当他端着盘子走进卧室时，心肠又软了。艾伦看来病得很重，邦汀猜想她可能有什么不愿说出来的病痛，她向来不会诉苦发牢骚的。

"昨晚房客和我一起回来的。他真是个有意思的人，怎么会在我们都不想出门的夜晚外出？如果真像他讲的，那他在外头肯定待了很久了。"

"像斯鲁思先生这样爱好安静的人当然不喜欢白天拥挤的街道。我得起床了。"她慢条斯理地说。

邦汀回到起居室，在炉火上加了火柴，然后舒适地坐下来看报纸。

邦汀回想起昨晚的事，心里感到非常羞愧而自责。为什么会突然有这样可怕的想法和猜忌呢？不过是沾上了一点血而已，可能是斯鲁思先生流了鼻血。况且，斯鲁思先生也提到曾经碰到过动物的死尸。

或许艾伦说得对，不要老是想谋杀之类可怕的事，这会令人发疯的！

正当他自责时，外头传来敲门声，是送电报的人独有的敲门声。他还没来得及穿过客厅走到大门，艾伦已经穿了小外套和披肩，抢先跑出了房间。

"我去，邦汀，我去就好。"她急促地说。

他惊讶地看着妻子，跟着她走到大厅。

她站在门后，只伸出一只手取了电报，根本没看送电报的人一眼，她说：

"你不用等了，如果需要回话，我们会自己发电报的。"接着，她拆开电报。"噢！"她松了口气，"是乔·钱德勒发的，通知我们今早他无法去接黛西了，那就得你去了。"

她一边走回起居室，一边说：

"邦汀，你自己看看吧！"

"'今天上午有任务在身，不能依约接黛西。——钱德勒'。"

"他怎么又有任务了？"邦汀不悦地说，"我以为他已经排好班，不会有什么变动。既然这样，我看我十一点出发好了，到时候雪可能也停了。现在我还不想出门，今天早上觉得很累。"

"你十二点出发就行了，时间还很充裕呢！"他的妻子急忙说。

整个上午平静地过去了。邦汀还收到一封老姨妈写的信，说黛西务必在下周一回去。大约还有一周吧！斯鲁思先生似乎睡得很熟，至少没有听见他起床的动静，虽然邦汀太太在整理房间时常常停下来听动静，但楼上什么声音都没有。

邦汀太太进厨房为斯鲁思先生做早餐之前，她坐了一会儿，邦汀和妻子很久没有这样坐着闲聊了，两人都觉得很高兴。

"黛西见到你一定很惊讶——总不会是失望吧！"她忍不住笑了出来。

十一点一到，邦汀起身要出门，妻子却要他稍等一会儿。

"不需要这样赶时间，"她温和地说，"只要在十二点半之前到那儿就行了。我会自己做晚餐，不用黛西帮忙，我猜玛格丽特一定让她做了不少事。"

最后，终于到了邦汀该出门的时刻，邦汀太太将他送到了大门口。

外面还在下雪，不过没有之前那么大。路上行人很少，只有几辆车小心翼翼地涉雪而行。

邦汀太太还在厨房忙着，这时候传来一阵声音很熟悉的敲门声。乔认为黛西已经回来了！她心里想着，不自觉地笑了。

门还没打开，就听见钱德勒的声音：

"邦汀太太，这回不要被我吓到啊！"

虽说没被吓到，她还是吃了一惊，因为眼前的钱德勒打扮得像个游手好闲的人，头发垂在前额，身上穿着邋遢的衣服，还戴了顶墨绿色的帽子。

他喘着粗气说：

"我时间很赶，只是想过来看看黛西是否平安回到家。您收到电报了吗？我只能用这种方法通知你们。"

"黛西还没回来,她父亲刚刚出门去接她了,"乔的眼神令她心头一震,"乔,怎么回事?"

她脸色苍白,语气中带着深深的疑虑。

"邦汀太太,我本来是不该谈论这件事的,但我还是告诉您吧。"

他进了起居室,小心翼翼地关上门,低声道:

"又发生了一件凶案。现在还没有人知道,警方认为我们掌握了线索,而且是很确切的线索。"

"在什么地方,是怎么回事?"邦汀太太声音颤抖地问。

"目前消息能封锁住还真是走运。"他的声音依然嘶哑低沉。

"尸体是在普林洛斯山上的一条长椅上发现的,而且正巧是我们的一位同事看到的。他正好路过回家,一发现尸体就立刻叫了救护车,他处理得滴水不漏而且隐秘,我猜他可能因此获得晋升呢。"

"那有什么线索呢?"邦汀太太的嘴唇干涩,"你刚才说有个线索?"

"我自己还不是十分了解,据我所知是和酒吧有关。距此不远处有一家'汉姆和唐氏'酒吧,警方确信,这酒吧打烊的时候,凶手,也就是复仇者正在酒吧里。"

这时,邦汀太太坐了下来,这时觉得好多了。警方怀疑凶手是酒吧常客是很自然的。

"所以你才不能亲自去接黛西?"

他点点头:

"邦汀太太,你先保密,晚报上会刊登这则消息,事情迟早会传开的。"

她问:

"你现在是要去酒馆吗?"

"对的,我有个棘手的任务,我得从酒馆服务生那儿套消息。"

"从酒馆服务生那儿套消息?"邦汀太太紧张地重复道,"套什么消息?"

他稍稍靠近了邦汀太太,低声说:

"他们认为这个凶手是个绅士。"

"绅士?"

邦汀太太一脸震惊,盯着钱德勒说:

"怎么会有这么愚蠢的想法?"

"他们快要打烊的时候,有位看来很体面的绅士,手提皮袋进来买杯牛奶。您猜他怎么着?他付了一磅金币,而且还把找的钱送给了这服务生。所以她不愿说出他的样子。她并不知道这人正被通缉,而且我们也还不想让她知道,这也是我们不愿公开此事的原因。好了!我真的该走了,今天得忙到三点钟,回来时我再顺道来这里喝杯茶,邦汀太太。"

"没问题,"她说,"乔,欢迎来喝茶。"

但她疲惫的声音里听不出欢迎的意思。

乔走后,邦汀太太走入厨房,为房客准备早餐。

房客很快就会摇铃,然后邦汀和黛西就会回到家,他们也要吃点东西。通常玛格丽特吃早餐的时间很早，即便那家的主人都外出度假，她也保持这个习惯。

邦汀太太尽量什么都不想，但这实在有点难，尤其这会儿案情不明。她不敢问钱德勒进酒馆的那个人长得什么样子，幸好房客和这年轻小伙子未曾打过照面。

斯鲁思先生终于摇铃了，但她端上早餐时，房客并不在起居室里。

邦汀太太认为房客还待在卧室里，于是准备铺桌布；接着她听到房客走下楼梯的脚步声，她敏锐的耳朵还听见瓦斯炉燃烧的声音。斯鲁思先生已点了炉火，这表示他今天下午又要进行什么精密的实验了。

"外面还在下雪吗？"他问道，"邦汀太太，伦敦一下雪就非常安静，但从来没有像今天这么安静，到处都鸦雀无声。如果马里波恩街道能总是这样该有多好。"

"是啊！"她平静地回答，"今天真是异乎寻常的安静。我觉得太安静了。"

外头大门传来转动的声音，打破了里面沉默的气氛。

"有谁来吗？"斯鲁思先生问，"邦汀太太，能否帮我看看窗边是谁？"

房东太太照做了。

"先生，是邦汀和他的女儿。"

"噢，只有他们吗？"

斯鲁思急忙跑到窗前，她向后退了一步，除了带他看房间那天，她从来没和房客靠得这样近。

两人并肩望着窗外。大概是意识到有人站在窗户那儿，黛西抬头看了看窗户，对着继母笑了笑，又看了看房客，由于光线比较暗，她看得不是很清楚。

斯鲁思先生若有所思地说：

"这女孩长得真甜美。"

接着他引用了一小段诗，邦汀太太惊讶得倒退了好几步。

"华兹华斯，"他梦呓似地说，"邦汀太太，现在已经没有多少人读他的诗了，但他对自然、年轻和天真有着细致入微的感受。"

"是吗？"邦汀太太又稍稍后退了一步，"如果您再不用早餐，就要凉了。"

他乖乖地走到餐桌旁坐下吃饭，像个被斥责的孩子。

房东太太离开了他的房间。

到了楼下，邦汀欣欣然地对她说：

"一切都很好，黛西真是个幸运儿，玛格丽特姨妈给了她五先令。"

但是黛西并不像父亲想象中的那么高兴。

"希望钱德勒一切都好，"她有点难过地说，"昨晚他说十点钟左右会到，但到现在他都没来，真让我担心。"

"他已经来过了。"邦汀太太说。

"来过这里吗？"她的丈夫大声问，"既然有时间来这里，为什么不去接黛西呢？"

"他是在上班途中顺道来的,"妻子回答,"孩子,你到楼下去帮我做点事吧!"

黛西不太情愿地顺从了,心想,有什么事是继母不愿让她听见的呢?

"邦汀,我有件事要告诉您。"

"什么事,艾伦?"邦汀不安地看着她。

"又发生了一件谋杀案,但警方还不愿公布,所以乔不能亲自去接黛西,他有任务。"

邦汀把手放在壁炉台上,握紧着边缘,脸色变得通红,但是他的妻子太专注于自己的话题和感觉,都没有注意到他的变化。

两人沉默了很久,邦汀先开口说话,他极力表现出不太在乎的样子。

"在什么地方发生的?"他问。

她犹豫了半晌,说:

"我不清楚,他没说。小声点!"她很快又补充了一句,"黛西来了,不要在她面前谈说这种恐怖的事。另外,我答应钱德勒要保密的。"

邦汀没有再作声。

"孩子,待会儿我上楼去收拾房客的餐点,你帮忙铺铺桌布。"

没等回答,她就上了楼。

斯鲁思先生留下了大半的柠檬鱼片没吃。

"我今天不太舒服!"他烦躁地说,"邦汀太太,能不能将您丈夫手上的报纸借给我看一看,我很少关心这些事,但现在想看看。"

她飞奔下楼，喘着气对丈夫说：

"房客想借你的《太阳报》。"

邦汀把报纸递给她：

"我已经看过了，告诉他看完不用还我。"

上楼时她瞄了一眼手中的报纸，上面印了个大脚印，旁边则以相当大的字体写着："很庆幸能呈现给读者这个橡胶鞋印的翻拍照，现在已几乎可以肯定，这是复仇者在十天前犯下双尸案时留下的鞋印。"

她走入起居室，里面空无一人。

"请把报纸放在桌上吧。"斯鲁思先生的声音从楼上传来。她照着做了。

"好的，先生，邦汀说他看过了，报纸不用还。"说完，她急忙走出房间。

第二十三章　各怀心事

一下午都在下雪，邦汀一家三口坐在客厅听着、等待着。邦汀和妻子不太明白自己在等什么，黛西则是在等乔·钱德勒。

四点钟左右，门外传来一阵熟悉的声音。

邦汀太太急忙走向通道，一打开大门，她就低声说：

"我们什么都没告诉黛西，年轻女孩守不住秘密的。"

钱德勒理解地点点头，他看起来非常疲劳，脸冻得发青。

黛西看见他打扮成这副模样，觉得很好笑，惊呼一声就开心地迎了上去。

"钱德勒先生，从没见过你打扮成这样子，看起来真可怕呀！"

父亲也被她的话逗乐了，邦汀之前一整个下午都很沉默。

"用不了十分钟，我就可以恢复原来的样子。"年轻人苦笑着说。

男主人和女主人都用期待的眼神看着他，两人都能猜出一个结论：钱德勒没有完成任务，没有获取任何有用的线索。他们虽然愉快地喝着茶，但这个小小的聚会中始终萦绕着紧张不安的气氛。

邦汀的嘴唇微启,要他不开口问真是困难,乔向来都会主动地告诉他许多内情,现在却让他的心这样悬着,真令人无法忍受。好不容易机会来了,正好钱德勒要起身离开,邦汀趁机跟着他走入大厅。他低声问道:

"乔,案子到底是在哪里发生的?"

"普林洛斯山,"对方简短地答道,"再过几分钟您就知道了,今天的晚报会刊登的。"

"我猜还没逮到人吧。"

钱德勒摇摇头说:

"没有,我想警方的方向又弄错了,现在也只能尽力而为。不知道邦汀太太有没有告诉您,我向酒吧服务生打听一个人,这个人在酒吧快打烊时就在店里。从她的叙述看,这个怪异的绅士只是个人畜无害的疯子,他因为服务生不饮酒就给了服务生一块金币。"说完钱德勒苦笑了一下。

邦汀觉得很有趣。

"在酒吧做事却滴酒不沾,真是奇怪!"他说。

"她是酒馆老板的外甥女。"

钱德勒说着走到了门口,说了声"再见"。

邦汀回到起居室时,黛西已经拿了餐盘下楼。

"她人呢?"邦汀紧张地问。

"刚刚拿餐盘下楼了。"

他走到厨房楼梯口,大叫:

"黛西，黛西，你在下面吗？"

"在，爸爸！"下面传来她高兴的声音。

"快离开冷冰冰的厨房吧！"他转身回到妻子身旁，"艾伦，房客在吗？都没有听见他的动静。现在请仔细听我说，我不希望黛西和房客待在一起。"

"斯鲁思先生今天似乎不太舒服，"邦汀太太平静地说，"这时候我不会让她接触房客的，她甚至都没见过他！我不可能在此时让她去招待房客。"

尽管刚才邦汀说话的口气让她有点又惊讶又生气，但她已经习惯一个人保守这可怕的秘密，并不会因为邦汀说了几句不中听的话，或是因为邦汀看起来不太舒服，就怀疑丈夫也察觉到了这件事。每当她想到警察进入屋子搜查的情景，就会忍不住发抖，她总认为警方有超常的侦探能力，到时自然会知道她隐藏的秘密。

邦汀坐着，盯着火炉一言不发。黛西察觉了父亲的变化。

"爸爸，怎么了，您不舒服吗？"女孩不止一次地问。

他总是抬头回答：

"噢，女儿啊，我很好，只是觉得很冷，前所未有地冷。"

八点钟左右，外面传来熟悉的叫卖声。

"复仇者卷土重来！"

"又一起命案！新闻快报！"

高亢的叫卖声穿透冰冷纯净的空气，像炸弹一样落在这平静的屋子里。

| 215

邦汀和妻子依然沉默，黛西却因为兴奋而双颊泛红，眼睛发亮。

"爸！艾伦！听见了吗？"她像孩子一样拍起手来，"要是钱德勒在就好了，他一定会很震惊。"

"黛西，不要这样！"邦汀皱着眉头起身，"这些事接二连三地发生，实在让人胆战心惊，真希望能立刻离开伦敦，走得越远越好。"

"跑到最北边去吗？"黛西笑着问，"爸！你为什么不去买份报纸看看？"

"要啊！我正要去。"

他慢慢走出房间，在大厅逗留了一会儿，然后戴上了帽子，戴上外套，打开大门，沿着小道走出庭院，走向街对面的报童。

最靠近家的报童只有《太阳报》，报纸晚版的大部分内容在早版已经刊登过，尽管有点舍不得，他还是付了一便士买了一份内容大多都已看过的报纸，反正现在也没事可做。

他站在路灯下翻阅报纸。可能是天气寒冷吧，他低头看标题时，感觉自己在颤抖。这是邦汀最爱读的晚报，他发现其中刊登了许多与复仇者有关的新消息。

首先是一个跨页的大标题，简单描述复仇者犯下的第九桩谋杀案，此外还提到他选择的犯案新地点，也就是伦敦市民所熟知的一座孤耸高地——普林洛斯山。邦汀读着：

第九名被害人的尸体是如何被发现的，警方对此有相当

的保留，但我们相信警方已掌握一些重要的线索，其中之一就是本报在今早抢先披露的。（见下页）

邦汀翻到了下一页，看到了复仇者鞋印的复制图，他在早报上已经看过了。

看到这页，他突然一惊。这个鞋印占了不少版面，嫌犯在现场留下的痕迹，已一而再、再而三地被追查出来。

实际上，邦汀每天在家做的工作就只有清洁靴子、鞋子。今天稍早，他已看过排列在家的鞋子，首先是妻子的工作靴，接着是他自己修补多次的两双鞋，然后是斯鲁思先生坚固而昂贵的纽扣靴，稍晚又增加了一双可爱的高跟鞋，这是黛西为了伦敦之旅而买的。这女孩不听艾伦的话，老是穿着这双细跟的高跟鞋。另一双较不时髦的鞋子她只穿过一次，那也是因为细跟鞋在她和钱德勒去警察局参观的那天弄湿了。

他穿过马路慢慢回家。想到妻子少不了的冷嘲热讽和黛西迫不及待的探问，他一时之间竟然觉得无法忍受。所以他不由得放慢了脚步，想将那难过的时刻向后拖延。

刚才他靠着的街灯并不在他家的正对面，而是在略微偏右的地方，所以过了马路，他继续沿着人行道走到家门口，这里有道隔离人行道和小庭院的矮墙，他听到矮墙另一边传来奇怪的脚步声。

要是平常，邦汀肯定冲向前去把里面的人赶出来。在天气尚未转寒的时候，他们夫妇俩经常有些小麻烦，就是总有流浪汉前来寻找栖身之处。但他今天只是站在外面侧耳倾听，心中充满了疑虑与忧惧。

难道这地方已被人盯梢了？他认为这很有可能。邦汀和妻子一样，总认为警方有超自然的侦查能力，尤其是自从他参观过警察局之后。

令邦汀诧异的是，那突然出现在昏暗灯光下的竟然是他的房客。

他松了一口气。

房客肯定是弯着身子走出来的，因为他高大的身躯始终隐藏得很好，直到他走出矮墙，踏上通往前门的小径，他的身高才显出来。房客手提着棕色的纸包，脚下的新靴子吱吱作响，在石砌小道上发出清脆的声音。

还站在门外的邦汀立刻明白了刚才房客在矮墙那边做什么。斯鲁思先生显然外出买了双新靴子回来，并在进入庭院之后换上了新鞋，而报纸里包的正是那双换下来的旧靴子。

他一直等着，直到确定斯鲁思先生进了屋，并上楼回了房间。他这才走上石砌小道，用钥匙开了门，在大厅慢吞吞地挂好外套和帽子，直到听见了妻子叫他的声音，他才进了起居室，将报纸丢在桌上，闷闷不乐地说：

"报纸来了！自己看吧，没有什么好看的。"

说完，他摸索着走到炉火边。艾伦被他吓了一大跳：

"怎么啦？生病了吗！昨晚着凉了！"

"我告诉过你我着凉了，"他喃喃地说，"昨晚还好好的，早上搭巴士去玛格丽特家，可能屋里很暖，一出门吹了冷风就着凉了。这种天气真是可怕，真怀疑钱德勒怎么能忍受那种在任何天气中都得出门的生活。"

邦汀随意地说着，一心只想摆脱报上所刊载的一切，而报纸此刻正无人理会地摆在桌上。

"常在外面跑就不会觉得冷了，"妻子半试探地说，"邦汀，要是你不舒服，为什么还在外面待这么久？我还以为你跑到哪儿去了！你刚才真的只是在买报纸？"

"我在路灯下看了一会儿。"他带着抱歉的口气说。

"真傻啊！"

"大概吧！"他温和地承认。

黛西拿起报纸看了看，说："上面讲的东西不多。"她颇为失望，"几乎没写什么。不过待会儿钱德勒就要来了，他可以多告诉我们一些消息。"

"年轻女孩不要知道那么多谋杀案的事，"继母严厉地说，"乔不会喜欢你对这种事情问东问西的。黛西，如果我是你，就什么都不要说；而且我希望他今天不要来，今天我已经看他看够了。"

"他今天不会来太久的。"黛西嘴唇发抖地说。

"亲爱的，我可以告诉你一件令你震惊的事……"邦汀太太凝视着她。

"嗯？"黛西不服地问，"什么事情，艾伦？"

"乔今天已经来过了，他早就知道这事的来龙去脉，但是他特别要求别让你知道。"

"不！"黛西屈辱地大叫道。

"我没骗你！"继母无情地说，"不信你可以问问你父亲。"

"不要老谈这事。"邦汀沉重地说。

"换成我是乔，"邦汀太太继续乘势追击地说，"我和朋友闲聊的时候才不会提这种可怕的事。但每次他来，你父亲老是问他这些事。"她严肃地看着丈夫，"黛西，你也是一样问东问西，问这问那的，有时他都快烦死了，好奇心不要这么强，懂吗？"

可能是因为邦汀太太的训诫，钱德勒晚上来的时候，他们很少提及复仇者的话题。

邦汀自始至终提都没提，黛西只说了一个字，就只一个字。乔·钱德勒认为那是他一生中最开心的夜晚，因为整晚只有他与黛西在聊天，其他两人则一直沉默。

黛西谈到与玛格丽特姨妈相处的事，她描述了那段沉闷无聊的时光，以及姨妈要她做的那些奇奇怪怪的工作，比如在衬着法兰绒的大盆子里清洗客厅里的所有瓷器，还有她是多么小心翼翼，生怕把器皿碰出擦痕。接着又提到玛格丽特姨妈跟她讲这个雇主家的趣闻。

有一则故事钱德勒觉得非常有趣，那是玛格丽特姨妈受骗上当的事。那天她一下车，就有个人靠过来，假装发病倒在门阶上，好心的姨妈坚持请他进大厅，还招待他吃喝了一顿，但等这人走后，她才发现主人最好的手杖被偷了，上面还镶着精致的玳瑁贝壳。玛格丽特姨妈把这人行骗的事告诉女主人，女主人气得七窍生烟，差点被气得发病。

"这种人很多，"钱德勒笑着说，"尤其是一些恶徒和流浪汉!"

接着他也说了一则亲身经历的故事,这故事中的骗子特别聪明,但终究还是被他逮捕归案,他很以自己在这桩案子中的表现为荣,这案件在他的侦探生涯中留下重要的一笔,连邦汀太太也听得津津有味。

钱德勒还坐在那儿说话时,斯鲁思先生的铃响了,有好一会儿,大家都没反应,邦汀以询问的目光看着妻子:

"你听见了吗?"他说,"艾伦,我想是房客摇铃了。"

她不是很乐意地起身上楼。

"我摇了铃,"斯鲁思先生软弱无力地说,"想告诉您不用准备晚餐了。邦汀太太,我只要一杯牛奶加一块糖,其他都不要。我觉得非常、非常地不舒服。"他脸色很差,"邦汀太太,你丈夫要拿回报纸吧!"

邦汀太太愣着看他,丝毫没察觉到自己出神了:

"不用了,先生,邦汀不需要了,他看完了。"突然她又冷冷地加了一句:"先生,他又有另一份报纸了,您大概听见外面的叫卖声了吧,要不要我再带份报纸上来?"

斯鲁思先生摇头。

"不用了,"他抱怨道,"我很后悔要了这份报纸,内容空洞,没有阅读价值,早在几年前我就不读报了,真后悔今天自己破了戒。"

这似乎在暗示着他不想再聊了,然后房客在这位房东太太面前做了一件前所未有的事——他走到火炉边,刻意转身背对着她。

邦汀太太依照要求下楼带了牛奶和糖上来。此时房客和往常一样坐在桌子旁看书。

邦汀太太回到客厅，他们正高兴地交谈着，但她似乎没注意到只有黛西和钱德勒在开心地聊着。黛西突然问：

"艾伦，房客还好吧？"

"当然，他当然很好。"她生硬地说。

"他整天一个人坐在楼上，肯定很闷。"黛西说。

继母仍然沉默。

"他一整天都在干些什么？"黛西继续再问。

"刚才在看《圣经》。"邦汀太太简短地答道。

"噢，我从来不看那个。绅士会看《圣经》，这倒是挺有趣的。"

乔听笑着插嘴道，其他两人却绷着脸。

"没什么好笑的！"邦汀太太厉声道，"拿《圣经》开玩笑，这很失态！"

可怜的乔突然觉得气氛很凝重，这是他头一回见邦汀太太这么生气地跟他说话。于是他谦和地说：

"对不起，我知道我不应该笑，但您听黛西说话的语气多逗，而且从你们的谈话判断，您的房客一定是个怪人。"

"我见过更怪的。"

她很快地回答，然后就离开房间，大家被这一下弄得摸不着头脑。

第二十四章　忧心忡忡

此后几天，邦汀总觉得心里充满了疑惧和忧虑。

郁郁寡欢的他内心不断地在思考应该怎么办。随着心情的变化，他的行动也随之变化，他再三告诉自己，让他觉得最可怕的事是他无法确定，如果他确定的话，或许可以决定下一步该怎么做。

但他其实是在欺骗自己，这件事他已经猜到了几分。依照邦汀的想法，任何方法都比直接去报警好，而报警似乎是多数一家之主唯一能做的事。但像邦汀这种阶层的伦敦人多半害怕法律，如果他和艾伦卷入这事而且被公之于众的话，他们两人也就彻底毁了。没有人会为他们的未来着想，他们的生活也不可能再回到过去。想到这里，邦汀的内心就备受煎熬。

不！一定要想出报警以外的方法！邦汀绞尽了脑汁。

最糟糕的是，随着时间一分一秒过去，他越来越悲观，情势也更复杂，邦汀内心的压力也愈来愈沉重。

要是他真的能知道真相，确定一切事情，那事情就好办了！现在他所掌握的相当有限，只能让这个秘密悬在那里，心里感觉七上八下的。

邦汀从各种角度思考解决的办法，竟然萌生一个这样的念头，他内心深处希望房客能在某个夜晚再次外出作案，然后被抓个现行。

但偏偏事与愿违，这段时间房客不仅足不出户，还待在房里，而且常常躺在床上。他让邦汀太太相信他的身体还是很差。他在遇见邦汀的那晚着了凉，到现在都还没缓过来。

乔·钱德勒也成了黛西父亲的心病，只要他不当班，就几乎把时间都耗在他们家，一向喜欢他的邦汀开始怕起他来。

这个年轻人很少谈复仇者以外的事，有天晚上，他花了很长的时间描述这位送给酒吧服务生一块金币的怪人，他描述得如此精确，听得邦汀和妻子尽管不露声色，但心情都极差。但钱德勒始终都没有对房客表示过半点兴趣。

终于，在一天早晨，邦汀和钱德勒又谈到了复仇者，对话很是奇怪。这个年轻小伙子比平常到得早，刚好邦汀太太和黛西正准备上街购物。黛西停下了脚步，但是继母瞪了她一下，要她继续走，黛西漂亮的脸蛋因为生气而涨得通红。

钱德勒走过客厅时，邦汀突然觉得这年轻小伙子和平常不太一样，钱德勒的神情中带着威胁。

"邦汀先生，我有话和您说，"他唐突地说，但有些支支吾吾，"趁邦汀太太和黛西外出的时候。"

邦汀做了心理准备，这一定是个可怕的消息，要控诉他窝藏杀人犯，满世界都在搜捕的坏人就躲在他们家！没错，他的确犯罪了！

"乔，什么事？"他坐在椅子上，不安地又问道，"什么事？"

钱德勒靠近桌子，目不转睛地盯着邦汀，邦汀感觉有点局促不安。

"乔！快说吧！不要吊我的胃口。"

钱德勒的脸上浮现了一丝微笑：

"我觉得我要讲的话是您意料之中的。"

邦汀摇着头，这可能意味着"是"，也可能表示"不是"。

两人面面相觑，邦汀觉得时间过得特别地漫长，好一会儿钱德勒开口了：

"我想，您知道我想说什么，邦汀太太最近对我的态度有点奇怪——是因为您女儿黛西的缘故。"

邦汀哭笑不得地说：

"我女儿？"他叫道，"天啊！难道这就是你想说的？真吓了我一跳。"

他大大地松了口气，看着眼前这位女儿的情郎，对邦汀而言，他还代表着可怕的法律！邦汀对这位访客傻笑着，钱德勒突然感到一阵烦躁与不耐烦，黛西的父亲真是头老驴！

之后，邦汀变得严肃起来，他说话时气势十足：

"就我的立场，我祝福你，你是很好的小伙子，而且我也很敬重你的父亲。"

"谢谢！你真好，邦汀先生，但是……她……她自己呢？"

邦汀注视着他，想到黛西还没有像艾伦暗示的那种，已经将自己交给了钱德勒，他感到十分高兴。

"我无法替黛西回答，你必须自己问，这事别人无法代劳的。"

"我一直没有——我从来没有机会和她独处，"钱德勒有点激动，"邦汀先生，您不了解，我从来没有和她独处过。除了有一次，我和她一起走路。我听说她星期一就要走了。邦汀太太对她管得很严，有时甚至可以说是在吹毛求疵……"

"那些苛刻的要求都是善意的，毕竟黛西是个年轻姑娘。"邦汀若有所思地说。

钱德勒点点头。他同意，与其他女孩比较起来，邦汀太太也不算太严格。

"黛西已被培养成了一位淑女，老姨妈很少让她离开自己的视线。"邦汀骄傲地说。

"我想去见老姨妈，"钱德勒说，"邦汀太太好像认为您的女儿将来要和这位老姨妈过一辈子。所以我才想问您的，邦汀先生，真是这样吗？"

"我会和艾伦说的，你别怕。"邦汀心不在焉地说。

他的心思已经不在黛西和钱德勒身上了，而是回到他原先的担忧。他说：

"你明天来，我会让您和黛西一起去散步，让你们在没有长辈在场的情况下彼此了解一下，否则黛西又怎么知道自己是不是喜欢你了？事实上，乔，你对她并不了解。"

邦汀若有所思地看着这位年轻人。钱德勒不耐烦地摇了摇头：

"我了解她。第一眼看到她时,我就做了决定。"

"真的吗?"邦汀说,"我对她的母亲也是这样,多年后,对艾伦也是这样。但是,钱德勒,我希望你不会有第二个。"

"不会的!"年轻人低声说道,接着他又渴望地问,"邦汀先生,您觉得她们会出去很久吗?"

邦汀突然想到他没有招待钱德勒。

"坐,坐,"他说,"我看她们不会出去太久,她只是要买一些东西。"接着,他的语气变得有些紧张,"乔,你的工作呢?没什么新鲜事吧!我猜你们在等下次的任务。"

钱德勒的语气变得阴沉起来:

"我们已经累死了,不知道什么时候才能结束。"

"你自己有没有想过这畜生长什么样?"

邦汀问道,他觉得自己必须问这个问题。

"有!"乔慢条斯理地说,"我想这个人一定长得野蛮凶狠。目前公布的歹徒外形让我们搞错了方向。我不相信他们描述的那个人在浓雾中攻击女性。不过我也不太确定,有时候我猜他是个水手,就像另外一些人说的,他是个外国人,经常一次就出去个十天八天,去荷兰或者法国。有时我又想这个人可能是在中央市场的屠夫。不管是谁,这个人一定对杀戮习以为常。我真是这么想的。"

邦汀起身走到窗边。

"听起来你似乎不认同报上的说法,报上说这人是个……"他犹豫了一下,终于说道,"是个绅士。"

钱德勒很惊讶地看着他。

"不，我认为那个判断是错误的。我知道有些同事认为给那女孩金币的人正是我们要找的嫌犯，但是，邦汀先生，您想，如果真是这样，这人倒像是个逃出来的精神病人，如果真是如此，肯定有人看管他，会在身后大喊大叫地追赶他，对不对？"

邦汀压低了声音：

"你不认为他可能只是在某个租房里住吗？"

"邦汀先生，您是说复仇者可能住在西区的某家旅馆里？这听起来倒有些意思。"

他微笑着，仿佛觉得这种想法很滑稽。

"差不多这意思。"邦汀小声地说。

"邦汀先生，如果您的想法是对的……"

"我从没说过这是我的想法。"邦汀赶紧说。

"好吧，如果这个想法是对的，那么我们的工作就更难做了，这就像海底捞针，邦汀先生，我不认为事情会是这样。"他犹豫了一下。"我们有些人——"他压低了声音，"希望他自己逃走，我的意思是逃到另一个大城市，比如曼彻斯特或者爱丁堡，在那里他会更忙活。"说完，他自己咯咯地笑了起来。

然后，他们听见了邦汀太太把钥匙插进钥匙孔的声音，两个男人都偷偷松了一口气，因为这一刻，邦汀很怕再谈论复仇者和他的罪行。

黛西看见钱德勒还在，双颊顿时因为喜悦而泛红。她一直很担心自己回到家时，钱德勒已经走了，尤其是因为艾伦在买每样小东西时，好像都故意拖时间。

"乔刚才问我可不可以带黛西出去走走。"邦汀脱口而出。

"我的母亲邀请您到舍下喝茶，黛西小姐，我是来问问您能否赴约？"钱德勒支支吾吾地说。

黛西以恳求的眼光看着继母。

"你是说现在吗？"邦汀太太尖声问道。

"不，当然不是。"邦汀急忙插嘴道。

"你的母亲说哪天方便？"邦汀太太面露嘲讽地看着钱德勒。

钱德勒犹豫了一下。他母亲没提哪一天，事实上，她也没有想见黛西，但是他现在得应付一下。

"星期六好吗？刚好是黛西的生日，她星期一得回到老姨妈那儿。"邦汀建议。

"星期六不行，我得上班。"钱德勒难过地说。

"那就星期天吧。"

邦汀口气坚决，妻子讶异地看着他，他很少在自己面前这么果断。

"黛西小姐，你觉得怎么样？"钱德勒问。

"星期天，可以的。"黛西文静地说。

钱德勒拿起帽子准备离去，因为继母没阻止，黛西鼓起勇气陪他走向大厅。

钱德勒关门的时候，还隐约听见邦汀太太在说：

"我像他们这样年轻的时候，星期天才不会出去闲逛！交往中的人星期天都会约着去教堂，这样才算得体……"

第二十五章　黛西的十八岁生日

黛西的十八岁生日终于到了。她父亲信守承诺，把一只手表送给她做生日礼物。这是一只漂亮小巧的银手表，是邦汀在日子过得还不错的时候买的二手货。那仿佛已经是很久以前了。

邦汀太太把这表当成奢侈品，但这个时候她自己心里太乱，因此没有去想手表的事，而且她也明白不该去干涉丈夫和他女儿之间的事。

邦汀这天早上外出买了一些香烟。除了在离职后的头一个礼拜，他曾经猛抽了一段时间，邦汀已经很久没有像过去四天那样抽烟了。吸吸烟嘴对他来说真是快活，就像尝禁果一样让人无法自拔。

抽烟已经成为他唯一放松的办法，不仅能舒缓内心的恐惧，并且还能帮助他思考。但他吸过头了，变得很神经质，外头一有风吹草动，或者妻子突然开口跟他说话，他都会吓一跳。

刚才艾伦和黛西在下面的厨房，所以他和斯鲁思先生之间只隔了一道楼梯，他不喜欢这种感觉，于是他悄悄地走了出去，没有告诉妻子。

过去四天，邦汀都避免去平时经常走动的地方，甚至避免跟邻居或旧识打招呼，他非常害怕这些人会聊起复仇者，唯恐自己泄露了内心的疑虑。

但今天可怜的邦汀先生很渴望能有个同伴，而且，他希望是除了妻子和女儿以外的人。

这种念头终于驱使他去了狭小拥挤的爱德华街。今天街上人很多，附近的家庭主妇都利用周六购买周日所需的物品。这位退休的管家进了一家小型的老式商店，他通常都在这里买烟。

邦汀和店员东拉西扯了一会儿，竟然都没扯到左邻右舍仍在谈论的热门话题，邦汀感到有点意外，但也松了口气。

他在柜台前准备付账，手里还拿着烟，突然他瞥见妻子艾伦正站在对面的杂货店门口。

他道了声歉，赶忙冲出店门跑到街对面。

"艾伦！"他嘶哑地叫着，"艾伦，你不应该留我女儿和房客单独在家！"

邦汀太太被吓得脸色发白：

"我以为你在家，你不是在家吗？"她叫道，"你为什么没确定我在家，就自己跑出来了？"

邦汀一时语塞，两人痛苦地沉默相视了一下，终于明白对方已经知道内情了。

他们转身冲出这条拥挤的街道。

"不要跑，只要走快点就行。艾伦，都在看着你，不要跑。"

邦汀上气不接下气地说着，倒不是因为他走路太快，而是因为他心里害怕，情绪激动。

终于走到了家门口，邦汀一个箭步，抢在妻子前面推门而入。

毕竟黛西是他的孩子，艾伦无法体会到他的感受。他三步并作两步用钥匙开了门。门一开，他就四下寻找黛西。

"黛西！"他用哭腔大喊着，"亲爱的，你在哪儿？"

"爸爸，我在这儿，什么事？"

"她没事……"邦汀脸色惨白地看着艾伦，"艾伦，她没事！"他停了一会，身子靠在通道的墙壁上。"让我缓缓，"他说，然后警告艾伦，"不要吓着孩子。"

黛西站在起居室的火炉旁，欣赏镜子里的自己。

"爸爸！"她头也不回地说，"我看到房客了，他是个很温和的绅士。刚才他摇了铃，但是我没上楼，所以他下楼找艾伦要东西。我们谈了一会儿，我告诉他今天是我的生日，他邀请我和艾伦下午去杜莎夫人蜡像馆。"她笑得有点不自然，"当然，我能看出他怪怪的，他刚开始说话时很滑稽。他问我：'您是谁？'语气里带着点威胁。我告诉他说：'先生，我是邦汀先生的女儿。'他说：'您很幸运有艾伦这样的继母，难怪这么天真烂漫！'接着他又引用了一些《圣经》的话，还说：'保持您的纯真。'他说这话时还摇头晃脑的。老天！这让我感觉好像又和老姨妈住在一起了。"

"我不会让你和房客出门，我是认真的！"

邦汀的语气非常严肃，他擦着额角，另一只手不由自主地紧握手中那包烟，这时他才想起，刚才他还没付钱呢！

黛西噘着嘴不高兴地说：

"噢！爸爸，我还以为看在我生日的分上，您会好好宠一下我呢！我告诉他周末这个时间不太合适去蜡像馆参观，他说可以早点去，趁大家还在吃饭的时候去。"她转向艾伦，咯咯地笑着说："他还特别邀请了您呢！艾伦，房客很喜欢您！要是我是爸爸，肯定会吃醋！"

敲门声打断了黛西的话。

邦汀和妻子忧心忡忡地面面相觑，会不会是刚才急急忙忙忘了关上前门，让哪位无情的警察悄悄地跟了进来？

当他们发现原来是斯鲁思先生时，心里竟然有一股奇特的满足感。他身着盛装准备外出，手上还拿着一顶高礼帽，那帽子是他刚来时戴的那顶，身上则穿着外套，没有披大斗篷。

"我听见你们回来了，"他犹豫地抬高了声音，"所以下来问你们和黛西小姐要不要去杜莎夫人蜡像馆，我从来没看过那些著名的蜡像作品，只是久闻其名而已。"

邦汀硬着头皮盯着房客，有种如释重负的感觉，但又动摇起来。

过去四天以来，他竟然认为这位举止温文的绅士是那个残忍的杀手，真是不可思议！他答道：

"先生，您真好！"

他看向妻子，但邦汀太太眼神空洞地看向别处。她身上还披着斗篷，戴着小圆软帽，这是她刚才外出购物时的装扮，而黛西已经开始戴帽、穿大衣了。

"怎么样?"斯鲁思说。

邦汀太太转过身,觉得斯鲁思先生好像在威胁她。

"怎么样?"他又问。

"好的,先生,我们待会儿就出发。"邦汀太太木然地说。

第二十六章　恐怖屋

邦汀太太在杜莎夫人蜡像馆有许多愉快的回忆。她和邦汀交往时，经常在下午的时间来这里。

邦汀有位叫霍普金的朋友在这里工作，有时候会送他们门票。但自从邦汀太太搬到附近以后，这还是第一次去。

他们一言不发地走到熟悉的入口，上了楼梯，进了第一间参观室，斯鲁思先生突然停下脚步，这些安静得像死人的蜡像似乎令他感到恐怖和错愕。

黛西趁着房客惊慌的时候停下脚步时说：

"艾伦，我们去'恐怖屋'吧！我以前从来没去过。姨妈要爸爸答应她不带我去那里，但我已经十八岁了，可以做自己想做的事了，而且，姨妈也不会知道的。"

斯鲁思先生看了看她，枯瘦的脸上露出了一丝笑容。

"好啊！"他说，"我们去恐怖屋！这个主意不错，邦汀太太，我一直很想去里头看看！"

他们转进了一间保存有拿破仑时代文物的大房间，里面有地窖式的牢房，死刑犯的蜡像成群地站在木闸板上。

邦汀太太立刻觉得心里慌乱，所以当她看到丈夫昔日的朋友霍普金先生时，仿佛看到了救兵。霍普金现在负责管理恐怖屋的入口。

"真是稀客啊！"他殷勤地说，"自从您结婚之后，我还是第一次看见您来这里呢！"

"是啊！霍普金先生，这位是我丈夫的女儿黛西，我想您听说过，另一位是……"她犹豫了一下，"这位是我们的房客斯鲁思先生。"

但斯鲁思先生皱着眉头走开了，黛西也离开继母跟在房客的后面。

大家都知道，两人可以为伴，三人就不容易了。

邦汀太太投了币正要进去。

"请等等，"霍普金先生说，"您还不能进去，大概要等四五分钟。邦汀太太，您看我们老板正在里面领着一群人参观呢。"他压低声音："他就是约翰·鲍尼爵士，我想您知道他是谁吧？"

"我不知道，"她不感兴趣地说，"也没听说过这个人。"

她对黛西离去感到有点不安，只是有一点点不安。她希望看见、听见黛西，但斯鲁思先生已把她带到了房间另一端。

"希望您永远不会因为私事认识他。"霍普金略略地笑着说，"邦汀太太，约翰·鲍尼爵士是刚上任的警察局长，另一位是巴黎的警察首长，这个法国人还带着女儿来了，还有其他几位女士。女人总是喜欢恐怖的东西，这是我们的经验之谈。她们一进入这栋建筑就说：'我要去恐怖屋！'"

邦汀太太若有所思地看着他。霍普金觉得她脸色苍白，显得很疲倦。她过去还在工作、没和邦汀结婚时，看起来都比现在好多了。

"是啊！刚才我女儿也说'带我去看恐怖屋'，我们一上楼她就说了。"她说道。

在里面谈笑的那群人逐渐走向出口。

邦汀太太紧张地看着他们，心想，谁是霍普金先生提的那个希望她永远不要因为私事接触的人？她认为自己可以从众人里把他找出来。他是个高大、英俊且威严的绅士。

现在他正对着一位年轻女子微笑。他愉快地大声说：

"巴比卢先生说得对，我们英国的法律对罪犯太仁慈了，尤其是对谋杀犯，如果按法国的方式审判，刚才我们走出来的地方那就可以挤满了，现在被宣判无罪的嫌犯比被判有罪的多，公众都耻笑我们犯了'另一个未被发现的罪行'。"

"约翰先生，您是说还有谋杀犯在逍遥法外吗？以上个月那个可恶的凶手来说，我相信他一旦被抓到，肯定会被处以绞刑。"

那个人的声音很尖锐，邦汀太太听得清清楚楚。

所有的人都围过来专注地听他说：

"噢！不！我觉得那个谋杀犯是否真的会被判处绞刑……"

刚才那个女孩以她那清亮的声音说：

"您是说你们永远抓不到他？"

"我想他迟早会落网的，因为……"他顿了一下，然后低声说，"萝丝小组，不要把消息透露给新闻界……因为我觉得我们已经知道谁是杀手了……"

四周站着的人都听得目瞪口呆。

"为什么不逮捕他?"这女孩愤慨地说。

"我没说我们知道他的下落,只是知道他是谁。这样说吧!我已经强烈地怀疑到他的身份。"

约翰爵士的那位法国客人迅速地说道:

"犯下德雷比西克案和利物浦案的那个人?"

对方点点头:

"是的,我想您已经发现了真相。"接着他好像急欲把心底的话都说出来一样,很快地说:"八年前在德雷比西克和利物浦分别发生了两起谋杀案,有一些特点证实这是同一人作的案。幸好凶手在杀害了最后一个人要离开现场时当场被逮,利物浦的谋杀案是在屋子里发生的。我亲眼见过那人,那人很抑郁,肯定精神不正常……"他犹豫了一下,压低声音说,"他有一种宗教狂热。现在我要谈到真正的重点,大约在一个月前,我得到通知,说这个疯子罪犯逃脱了,他非常聪明地安排了逃亡计划,要不是他在离开时还偷了一大笔钱,我们可能早就逮到他了,这些钱是监护所要发给员工的工资……所以,这才掩盖了他逃脱的消息。"

他突然停了下来,好像为自己说得太多感到抱歉,这会儿,这群人已排成一排出了门口,约翰·鲍尼爵士走在最前面。

邦汀太太直视前方,她觉得,就像她后来告诉丈夫的一样,自己好像石化了。

她想通知房客他的处境很危险,但是时间已经来不及了,因为黛西和他正朝警察局长走去。

再过一会儿，斯鲁思先生就会一头撞上约翰·鲍尼爵士。

斯鲁思先生把脸偏向一侧，他消瘦苍白的脸露出了可怕的表情，上面满是慌乱、愤怒和恐惧。

但邦汀太太终于松了口气。那感觉真的是无法形容，因为约翰·鲍尼爵士和朋友们走得很快，他们在经过斯鲁思和黛西身旁时，并没有注意到他们。

"邦汀太太，快！"管理员说，"现在这里都是您和您朋友的了。"他卸下管理员的架子，对着漂亮的黛西打趣说："真奇怪，像您这样的年轻女孩竟然喜欢看这种恐怖的东西。"

"邦汀太太，麻烦您过来一下。"

斯鲁思先生飞速地说道，房东太太迟疑地走向他。

"这是我最后一次警告您，"房客的面孔因为恐惧和激动而十分扭曲，"别以为您可以逃过出卖别人的下场。邦汀太太，我信任您，您却背叛了我。但是有更强大的力量在保护我，因为我还有许多任务要完成。"他随后又压低声音嘶嘶地说："您的结局会像苦艾一样苦涩，像利箭一样刺痛，您会走向死亡，大步踏入地狱。"

虽然斯鲁思先生不断地在说这些奇怪的话，但依然四下搜索，寻找逃生的路。

最后他的目光停留在帘子上的一个小牌子上，上面写着"紧急出口"。邦汀太太以为他会从这里逃走，没想到他出乎意料地将邦汀太太留在一旁，走到出口附近，手伸进口袋一会儿，之后拉住管理员的胳膊说：

"我病了，觉得非常不舒服，可能是这里面气氛的关系，希望您能让我赶紧离开这里，如果昏倒在里面，尤其倒在这些女士面前，那会很尴尬的。"他边说，左手边飞快地伸出，在那人的手掌上放了些东西："我看见那边有个紧急出口，能不能让我从那里出去？"

"好的，先生，我想没问题。"

这人犹豫了一下，有点不安。他看了看黛西，黛西红着脸微笑着，一副事不关己、开开心心的样子；他又看了看邦汀太太，邦汀太太则脸色苍白，当然，刚才房客突然不舒服是会让她担忧的——霍普金拿着手上的金币，觉得很高兴，巴黎的警方官员给小费也不过给了六便士，这些外国人真是小气！

"是的，先生，我可以让您从那边出去，"他终于说了，"或许您可以到外头站一会儿，在外面的阳台上，您会觉得舒服些。如果您要再进门就走前门，因为这门只能出，不能进。"

"好的，好的，"斯鲁思先生赶紧说道，"我明白，如果我好点了，就会从前门进来，再买一次门票，这很合理。"

"不用这样，只要跟他们解释一下就行了。"

这人将帘子拉到一边，用肩膀抵住门。因为门突然打开而射进来的光线让斯鲁思先生一时看不清楚。

他用手遮住眼睛，喃喃地说了声：

"谢谢，我得赶紧走了。"

沿着阳台的铁梯可以通到一个小院子，一开门，外面就是街道。

斯鲁思先生看了看四周,觉得头很晕,如果从这阳台跳过去,他就可以永久解脱了。

但是不行,他立即放弃了这个想法,这是来自心底的诱惑。他的脸上再度呈现出愤怒的表情,他想起了房东太太,他如此善待这个女人,没想到她竟然要把他出卖给他的头号敌人,那个多年前将他监禁在疯人院的警官;而他,斯鲁思先生,是个头脑绝对清醒的人,他在这世上还有伟大的复仇工作要做。

他踏出屋外,帘子被远远地抛在后面,屋内的几个人眼睁睁地看着这个高瘦的身影消失了。

连黛西都害怕起来。

"他看起来很不舒服,是不是?"她转身问霍普金先生。

"是啊,真是可怜,他是您的房客吧?"他同情地看着邦汀太太。

邦汀太太用舌头润了润嘴唇,喃喃地说:

"是,是我的房客。"

第二十七章　房客失踪

霍普金先生邀请邦汀太太和漂亮的黛西继续参观恐怖屋,但是邦汀太太说:

"我觉得我们该回家了。"

黛西只好顺从她。这女孩对房客突然消失感到困惑和害怕。或许这种不寻常的感受都是继母惊讶而痛苦的表情引起的。

两人慢慢地走出蜡像馆,一到家,黛西就将下午斯鲁思先生的怪异行为告诉了父亲。

"我想他不会在外头待太久的。"邦汀沉重地说,还焦虑地看了看妻子。她看起来像是被打中要害,从她的表情能看出,事情很不妙,非常地不妙。

时间过得很慢。三人都心神不宁、感觉煎熬,黛西知道今天钱德勒不会过来了。

大约六点钟左右,邦汀太太上楼点亮了斯鲁思先生起居室的灯,害怕地看着四周。每一件东西都让她想起这位房客,桌上有她的《圣经》和他的《克璐登索引》,摆放的样子和他离开的时候没有区别。

她向前走了几步,听门后是否传来喀啦喀啦的开锁声,这个声音表示房客回来了。接着她又走到窗边向外看。

外头这么冷,他一个人在外游荡,无家可归,又没有朋友,身上带的钱恐怕也很少吧?

邦汀太太突然转身进了他的卧室,打开镜子下的抽屉。

她看见了那堆少了许多的钱。

如果他带着钱出门就好了,她心里难过地揣测道,不知道他有没有足够的旅费。她突然想起房客给了霍普金什么东西,不知道是一枚金币还是多少钱。

斯鲁思先生在她耳边讲的那番残忍而充满威胁的话并没有让她非常困扰。这真是个天大的错误,她非但没有出卖他,还一直在庇护他,为他守住他可怕的秘密,而且,她会伪装,伪装她如果早知道甚至怀疑斯鲁思先生并非暂时性的失常,而一直是个不折不扣的疯子、杀人犯,她根本不会为他守密。

在她的耳畔还响起了那位法国人随意提出来的、却自信十足的问题:

"犯下德雷比西克案和利物浦案的那个人?"

突然,她走回起居室,从自己的胸衣中取出一枚黑头的大头针,插入《圣经》的内页,然后打开大头针指示的那页:"'我的圣幕遭毁坏,绳索已破损,无人能修补,再也不能重设帘幕……'"

最后,她摊开《圣经》,走下楼。当她打开起居室的门时,黛西正巧迎面走来。

"我这就下厨帮您准备房客的晚餐，"女儿天真无邪地说，"他肚子饿了就会回来的。但是他看起来真的很不舒服、非常不舒服！"

邦汀太太没有说话，只是站到一边让黛西下去。

"斯鲁思先生再也不会回来了。"她难过地说。

但当她看见丈夫突然露出了喜悦和如释重负的表情，让她感到很生气，她忍不住地说道：

"我是说，我想他大概不会回来了。"

邦汀的表情顿时又起了变化，过去几天苍老、焦虑而沮丧的表情又回到了脸上。

"您为什么认为他大概不会回来？"他喃喃地问道。

"说来话长，等孩子睡了，再跟你说。"她说。

邦汀得克制一下他的好奇心。

终于，黛西进房间了，现在她和继母睡在后面的一个房间，邦汀太太示意丈夫跟她上楼。

上楼前，邦汀去通道挂上了门链，结果引发了一场低声的激烈争执。

"你不应该将他关在外面的。"邦汀太太愤怒地抗议。

"我不能在这个人随时可能回来的情况下，把黛西留在楼下。"

"斯鲁思先生不会伤害黛西的，你放心，他顶多伤害我。"

说着，她开始啜泣。邦汀瞪着她看。"什么意思？上来再跟我解释。"他粗声粗气地说道。

他们进到斯鲁思先生的起居室，邦汀太太一五一十地叙述了事情的经过。他一语不发地听着。

最后她说：

"你看，我说的没错，房客不必对自己的行为负责。我从来不认为他要负责。"

邦汀看着她，在思索着。

"那要看你怎么看这个负责！"他争辩道。

邦汀太太不理会他的话。

"我听他们说他是个疯子，"她反应激烈，接着又压低了声音说，"他是个宗教狂热分子，他们是这么说他的。"

"我倒不觉得，"邦汀坚决地说，"我看他只是怪，比他疯的人多得是！"他不停地在房间踱步，最后停下来说："现在我们该怎么办？"

邦汀太太不耐烦地直摇头：

"我不认为我们该做什么，"她说，"有什么必要？"

邦汀又继续在房间里漫无目的地踱步，这惹恼了邦汀太太。

"或者我把晚餐放在他可以拿得到的地方，还有他的钱，我不喜欢它摆在这里。"

"不要自作聪明了，他会回来拿的。"邦汀说。

但是邦汀太太摇摇头，她心里很清楚。

"现在你去睡，再坐下去也没有用。"她说。

邦汀听了她的话。邦汀太太下楼为他拿了支蜡烛，因为楼上后面的小房间里没有瓦斯灯，她看着邦汀慢慢走上楼。

突然邦汀又转身下来。

"艾伦，"他急切地说，"换成是我，就把门链取下来，把自己锁在房间里，那他就可以进来把那些赃钱拿走。"

邦汀太太既没摇头，也没点头。她慢慢地走下楼，采纳了邦汀一半的忠告，那就是拿掉前门的链子，但她并没有上床睡觉，也没把自己锁起来，而是整夜地坐等。

大约早上七点半时，她泡了杯茶，进了自己的卧室。

黛西睁开了眼睛，说：

"艾伦，我想我太累了，睡得很熟，一点儿也没听见您上床或起床的声音，真滑稽，对吧？"

"年轻人不像老年人睡得浅。"邦汀太太简短地说。

"房客回来了吗？我想他现在在楼上吧！"

邦汀太太摇摇头，说：

"今天天气很好，适合去丽奇蒙喝茶。"

她的声音很温和，黛西甜蜜地笑了。

这晚，邦汀太太强迫自己把房客失踪的事告诉了钱德勒，她和邦汀已经仔细想过该怎么跟钱德勒说。可能是因为钱德勒与黛西过了充实而愉快的一天，他对这个消息反应很平静。

"他走了？希望房租已经付清了。"

"付了，付了，"邦汀太太急忙说，"这方面没有问题。"

邦汀有些不好意思地说：

"是呀！房客是个诚实的绅士，我真替他担心。他不像那种能在外头独自流浪的人。"

"你们不是说他很古怪吗?"乔若有所思地说。

"是呀!他是这样。"邦汀慢条斯理地说,"脑子很奇怪!"

说着,他拍拍自己的头,把两个年轻人都逗笑了。

"您能不能描述一下他的样子?我可以发点传单帮忙找找。"乔好意地问。

邦汀夫妇面面相觑。

"不,我想不用了。这样他会不高兴的。"

乔没再追问,只是说:

"说来您一定会很惊讶,其实每年都有不少人失踪,而且永远消失了。"

他神情愉快地说着,然后站了起来,一副不太情愿的样子。

黛西跟着他走过通道,关上身后起居室的门。

回来时,她走向坐在安乐椅上的父亲,站在他后面,双臂绕着他的脖子。

"爸爸,我有消息要告诉您。"她弯下身子说。

"亲爱的,什么事?"

"爸爸,我要订婚了。您是不是很惊讶?"

邦汀高兴地说:

"你说呢?"说着转身抱住她的头吻了一下。他低声说:"不知老姨妈会怎么说?"

"别担心老姨妈,"他妻子突然说,"我来解决,我会去看她,她和我一向都很好,这个你知道的,黛西。"

"是的,"黛西有点疑惑地说,"您一向和她处得很好。"

斯鲁思先生一直没有回来，几天几夜过去了，邦汀太太终于放弃了去听那既让人觉得有希望又让人害怕听见的开锁声。

如同刚发生时那般神秘与突然，复仇者连环谋杀案停止了。但在一个春天早上，丽池公园的园丁发现了一捆报纸包，里面有双穿过的胶底鞋，以及一把长刀。这件事引起了警方的注意，但警方并没有发布消息。大约在同一个时间，报上登了一小段有人匿名给医院捐了一小盒金币的事。

同时，邦汀太太就像她说的一样，和老姨妈相处得很好。超乎黛西的期待，老姨妈以一种冷静而开明的态度接受了她的好消息。但是老姨妈说，按照以前的情况，将房子交给警察看管，往往马上就会遭小偷，一想到此事，她就觉得忐忑。黛西对这番话很不高兴，而她的乔却不怎么在意！

邦汀和艾伦后来找到一份照顾一位老太太的工作，老太太很敬重他们，他们也将主人照顾得很妥帖，大家过得其乐融融。